Bajo la arena de Egipto

Editorial Bambú es un sello
de Editorial Casals, SA

© 2005 Éditions Flammarion para el texto
y las ilustraciones
© 2008, Editorial Casals, SA
Tel.: 902 107 007
editorialbambu.com
bambulector.com

Título original: *Sous le sable d'Égypte.
Le mystère de Toutankhamon*
Traducción: Manuel Serrat Crespo

Créditos fotográficos del Cuaderno Documental:
Akg-images 16; Getty Images: 1, 2, 3, 6, 15
Getty Images/Time Life Pictures: 14
Rue des Archives: 8, 9
Rue des Archives/The Granger Collection NYC: 12

Ilustraciones del Cuaderno Documental:
Lorette Mayon (páginas 4, 5, 7, 8/9)
Olivier Nadel (páginas 10, 11, 12, 13)

Decimocuarta edición: marzo de 2023
ISBN: 978-84-8343-047-7
Depósito legal: M-27.930-2011
Printed in Spain
Impreso en Anzos, SL –Fuenlabrada (Madrid)

El papel utilizado para la impresión de este libro procede
de bosques gestionados de manera sostenible.

BAJO LA ARENA
DE EGIPTO
El misterio de Tutankamón

Philippe Nessmann
Traducción de Manuel Serrat Crespo

bam bú

EDITORIAL

BAJO LA ARENA
DE EGIPTO
El misterio de Tutankamón

A Éléonore, mi «hermosa ha llegado»

Introducción

Verano de 1922

Donde todo hubiera podido terminar antes incluso de haber empezado

Howard Carter entró en una pequeña estancia obscura. Cuando sus ojos se hubieron acostumbrado a la penumbra, descubrió a su alrededor magníficos objetos, estatuas, pequeñas joyas, un puñal con incrustaciones de piedras preciosas.

Tomó una estatuilla de cerámica azul. Era Sekhmet, la diosa con cuerpo de mujer y cabeza de leona. La poderosa Sekhmet, la devoradora de sangre cuyas cóleras se dejaban sentir en todo Egipto, la que propagaba la peste entre los enemigos del orden. Sekhmet, la diosa a quien los sumos sacerdotes intentaban apaciguar, pues aunque matara ciegamente, tenía también el poder de curar.

Carter acarició la cabeza de la leona y la dejó, luego, con delicadeza. Sus grandes manos eran sorprendentemente ágiles. Habríanse dicho las patas de un oso, pesadas en apariencia, pero tan diestras para atrapar un salmón. Si Carter hubiera sido un animal, sin duda habría sido un oso. A sus 48 años, tenía un rostro ancho y macizo, una nariz larga, un grueso bigote. Y, en Luxor, vivía en una casa en el lindero del desierto, un antro aislado de todo y de todos.

El egiptólogo observaba los objetos que le rodeaban cuando una puerta oculta se abrió de pronto. Un hombre entró en la obscura estancia.

–Lord Carnarvon va a recibirle... pero... ¡está obscuro aquí! Voy a encender.

El mayordomo encendió el aplique y luego se retiró.

Carter estaba en una pequeña biblioteca con las paredes cubiertas de estantes. Encima, decenas de antigüedades a cual más maravillosa. El arqueólogo las conocía en su mayoría: él mismo las había comprado o descubierto en Egipto por cuenta del rico lord inglés.

«Toc, toc, toc...», Golpeó el cristal de la ventana. Fuera, gruesas nubes se amontonaban en el cielo, anunciando la lluvia. El verano, aquel año de 1922, era desabrido; un tiempo típicamente inglés. Alrededor del castillo, las extensiones de césped estaban verdes y habían sido perfectamente segadas, impecables. Carter imaginó un ejército de jardineros examinando sin cesar, con unas tijeras para las uñas en la mano, la menor brizna de hierba a la que se le ocurriera la descabellada idea de crecer más deprisa que las demás.

La fortuna de lord Carnarvon era inmensa.

El rostro del arqueólogo se obscureció.

Inmensa, pero no ilimitada.

Carter sabía por qué le había citado Carnarvon en su castillo de Highclere. Desde hacía cinco años, el rico aristócrata había financiado importantes excavaciones arqueológicas en Egipto. Sobre el terreno, él, Howard Carter, había dirigido los trabajos. Había rastrillado, cavado, despanzurrado una parte del Valle de los Reyes en busca de la tumba de Tuntankamón. Encontrar aquella tumba era el sueño de su vida, pero un sueño que estaba convirtiéndose en pesadilla: hasta entonces, las excavaciones no habían obtenido nada, cero, ni el menor rastro del faraón.

–Querido amigo –había avisado Carnarvon algunas semanas antes–, debemos rendirnos a la evidencia. Buscábamos una tumba, hemos encontrado un abismo financiero...

Carter golpeó nerviosamente el cristal. Dentro de unos minutos, el aristócrata le anunciaría la definitiva detención de las excavaciones.

El arqueólogo repasó los argumentos que había preparado para convencer al lord de que prosiguiera la búsqueda un año más, el último. Sabía que la tumba estaba allí, enterrada en algún lugar del Valle de los Reyes, al alcance del pico. Y sabía que contenía un fabuloso tesoro. ¿Cómo lo sabía? Eso lo ignoraba...

13

No creía en los sortilegios, ni en la maldición de las momias, ni en los fantasmas, ni en todas aquellas habladurías de novelistas destinadas a conseguir que los lectores se estremecieran. Pero sentía que, desde siempre, su vida y la de Tutankamón estaban íntimamente vinculadas. A 3200 años de distancia, habían hollado los mismos caminos, bebido de los mismos pozos, visto los mismos paisajes.

¿Una simple casualidad?

A veces, Howard Carter tenía la extraña sensación de que, desde el país de los muertos, el joven faraón pedía su socorro.

Primera parte

Capítulo uno

La ciudad de Atón, hacia 1340 a.JC

La feliz infancia de Tutankatón
El castigo
Una noticia que trastorna una vida

Cuando el disco solar apareció sobre las desérticas montañas del Este, una luz rojiza se derramó sobre la tierra, desde el Oriente hasta el Occidente, rechazando las tinieblas a lo lejos, más allá de las desérticas regiones del Oeste.

Iluminadas por los primeros fulgores del día, las negras aguas del Nilo comenzaron a brillar. El río era ancho, espeso, poderoso, como cada año en la estación de la inundación. Sus aguas cargadas de limo desbordaban por todas partes y cubrían los campos circundantes.

Garzas picabuey, de lomo blanco y copete rojizo, sobrevolaron las inundadas tierras de las que sólo emergían algunos islotes de palmeras, y se posaron luego en aguas poco profundas, buscando lombrices o ranas.

A pocas zancadas de allí, la ciudad de Atón despertaba dulcemente. Edificada sobre un creciente rocoso y elevado, entre un codo del Nilo y las desiertas montañas del Este, la capital egipcia estaba protegida de los furores del río. Sobre los palacios y las casas de ladrillo de barro crudo, sobre los templos de piedra y las calles rectas como cañas flotaba un aroma a pan cocido y cebolla asada.

Detrás de las moradas, algunos servidores se atareaban en las cocinas. Unos amasaban la pasta, la colocaban sobre unas tablas de madera y, luego, la metían en las fauces de los hornos calientes. Otros sacaban agua del pozo. Otros ordeñaban las cabras y se encargaban de los perros y los caballos. Las gallinas picoteaban los granos de trigo caídos de los silos.

En sus aposentos, los altos funcionarios se preparaban para el aniversario de los diez años de reinado del faraón ungiéndose el cuerpo con aceites olorosos. Unas sirvientas disponían el desayuno en la sala de estar, cuyo elevado techo estaba sostenido por columnas decoradas con plantas y animales pintados. Los primeros rumores de la calle penetraban por las altas ventanas, tamizados por finos barrotes de piedra.

Fuera o no día de fiesta, los comerciantes abrían sus tiendas, disponían los botes y las jarras de terracota, colgaban coloreadas alfombras en los escaparates, sin dejar de pinchar al mercader de al lado: «¡Eh! ¡Seneb! ¡Ni un ciego se sentaría en tus alfombras! Son demasiado feas...».

Luego cada cual se sentaba en su taburete; la jornada iba a ser larga.

A la hora tercia del día, cuando una densa multitud llenaba las calles caldeadas por el sol, un clamor se elevó sobre la ciudad. Acudieron unos niños:

—¡Ya llegan!...

Guardias provistos de palos hechos de caña separaron a la multitud y, luego, sonaron unas trompetas. Los mercaderes subieron a sus taburetes para ver la llegada del cortejo. Dos espléndidos caballos blancos tiraban de un carro chapado con electro. De pie, encima, el faraón Akenatón llevaba un taparrabos de lino blanco, un ancho collar de oro y la majestuosa doble corona de Egipto. Su alargado rostro era fácilmente reconocible: se parecía como un gemelo a las estatuas de piedra que adornaban la ciudad de Atón. Con sus largos y flacos brazos, rodeaba tiernamente a la reina Nefertiti.

—Nefertiti la del buen nombre —soltó un mercader en equilibrio sobre su taburete—. Nefertiti, «la hermosa ha llegado».

En los siguientes carros iban algunos personajes que los pasmarotes no conocían, sin duda miembros de la familia real o importantes visires. Trotando junto a los caballos, algunos músicos golpeaban sus tamboriles, algunos acróbatas efectuaban sus piruetas y a los altos funcionarios, jadeantes y relucientes, les costaba seguir el cortejo.

—¡Las princesas! —exclamó un espectador.

Las tres hijas mayores de Akenatón y Nefertiti se apretujaban en el cuarto carro. Tenían entre 4 y 6 años, y llevaban pequeñas faldas plisadas de lino blanco. Un cuarto chiquillo, que no era hijo de la pareja real, las acompañaba. Tenía tres años y sonreía mostrando los dientes, del todo desnudo. Un muchacho.

–Bueno, Tutankatón –le había preguntado su nodriza aquella misma mañana–, ¿por qué sonríes así desde hace dos días? ¿Es la fiesta de jubileo del faraón lo que te hace feliz?

Pero el muchachito no había querido responder.

De pie en su carro, con los ojos negros abiertos de par en par, devoraba cada detalle del desfile, las trompetas de cobre, los caballos bellamente enjaezados, los severos guardias y los espectadores llenos de júbilo, las cabezas de algunos hombres que, como por arte de magia, sobresalían por encima de la multitud gracias a un taburete, los coloreados tapices y las casas de ladrillo de barro crudo que se sucedían a la velocidad de un caballo al paso.

El cortejo recorrió una gran avenida, pasó bajo el puente que unía el palacio real con los aposentos del faraón y se detuvo ante las dos torres de entrada del gran templo de Atón. Akenatón y Nefertiti bajaron de su carro y penetraron en el templo, seguidos por sus tres hijas y por el pequeño Tutankatón, aún desnudo y sonriente. Varias veces, el muchachito se dio la vuelta para ver tras él a la gente. No conocía a nadie. Sí, a dos: el divino padre Ay con su agradable cara de abuelo, que era el padre de la reina, y Smenker, que era el hermano del rey.

El interior del templo era un islote de paz entre el tumulto de la ciudad. Tutankatón y las niñas trotaban por los patios inundados de sol, zigzagueaban entre los zócalos de ladrillo donde los sacerdotes habían depositado cebollas, habas y trigo; las ofrendas al dios solar, Atón.

Una atronadora voz resonó de pronto:

Espléndido cuando te levantas en el horizonte
del cielo.
¡Oh viviente Atón, creador de cualquier vida!
Cuando te levantas en el cielo de oriente
llenas toda tierra con tu belleza.
Cuando desapareces por el occidente del cielo,
el mundo está en la obscuridad como en la muerte.
El león ruge y la serpiente muerde.

Los niños habían dejado de correr, todos habían callado, escuchando religiosamente al faraón que declamaba el himno que él mismo había escrito:

Pero al alba, en cuanto apareces en el horizonte
expulsas las tinieblas y emites tus rayos.
Entonces el Doble País está en fiestas,
la humanidad despierta y se pone de pie.
¡Tú les hiciste levantarse!
Cada rebaño está satisfecho con su hierba.
Árboles y hierbas verdean.
Los pájaros vuelan de sus nidos,
con sus alas desplegadas, en adoración ante mí.

Akenatón calló, con el rostro radiante, como ilumina-do desde el interior. Había motivos para alegrarse: gracias a Atón, los diez primeros años de su reinado habían sido un éxito. Habían modificado profundamente el rostro de Egipto.

Olvidados los dioses ancestrales, los Sekhmet con ca-beza de leona, Sobek el cocodrilo, Khnum el carnero-alfa-rero, Thueri el hipopótamo, Horus el halcón, Thot el ibis, Bastet la gata, todos esos dioses con sus largos cortejos de semidioses, de demonios, de ritos y mitos.

Barridas las antañonas divinidades que se agazapaban al fondo de obscuros templos y a las que sólo los sacerdo-tes podían acercarse.

Akenatón las había substituido por el único dios al que adoraba, Atón el disco solar, que cada cual podía admirar por sí mismo en el cielo. Y para satisfacer a su dios, había abandonado Tebas, la antigua capital, y creado una ciudad nueva en un creciente rocoso, entre un codo del Nilo y las desérticas montañas. La ciudad de Atón había salido del suelo en unos pocos años, con sus palacios, sus comercios y sus templos.

En el patio inundado de luz, Akenatón exultaba: el Doble País formado por el Alto y el Bajo Egipto prospera-ba y cada cual tenía motivos para alegrarse. La fiesta del décimo aniversario era alegre. El faraón posó una amoro-sa mirada sobre su esposa. Nefertiti, más deslumbrante que nunca, y luego sus hijas, llenas de vida, que habían reanudado sus locas carreras entre los zócalos cubiertos de ofrendas.

El pequeño Tutankatón trotaba tras ellas, feliz también. Muy pronto, le habían anunciado, tras la fiesta del faraón para ser más precisos, iría a la escuela y aprendería a escribir. Recibiría entonces un taparrabos y se vestiría: dejaría de estar desnudo y se haría mayor.

* * *

Habían pasado cuatro años.

El disco solar, muy alto en el cielo, aplastaba con sus rayos la ciudad de Atón, las calles, hormigueantes aún hacía una hora, iban vaciándose poco a poco. Todos regresaban a su casa para el almuerzo y la siesta.

–¡Cabeza de pepino!

A lo lejos, en los campos que flanqueaban el Nilo, se agitaban las hormigas. Ankhet, la temporada de la inundación, había terminado ya y el Nilo se había retirado de las tierras cultivables. Ahora estaban en Peret, la temporada de la siembra. Los campesinos labraban y sembraban los campos. Tutankatón los observaba por la tamizada ventana de palacio e imaginaba que eran pequeñas hormigas negras.

–¡Orejas de torta!

El muchacho volvió la cabeza. El aula estaba en penumbra, fresca y agradable. Ankhsenpaatón, sentada en un jergón con las piernas dobladas, con un trozo de junco en la mano, fingía escribir para hacer pensar que no había dicho aquellas palabrotas. Pero en aquellos instantes en la estancia eran sólo dos: la tercera hija del faraón, de 8 años, con la piel mate y los hermosos ojos negros de su madre Nefertiti, y Tutankatón, que tenía ahora siete y llevaba un hermoso taparrabos blanco. Nakhti, el escriba de ágiles dedos, se había ausentado para buscar unos panes de tinta. La lección de caligrafía matinal estaba terminando.

–¡Narices sin viento! –murmuró la princesa sin mover los labios.

–¡Pues tú –estalló el muchacho–, con tu cabeza de escudilla, atraes las ocas! Y tienes estiércol entre los dedos del pie. Y tú...

Nakhti el escriba apareció justo en aquel momento.

–¡Caramba, jovencito, qué modo de hablar!

–Pero –se atragantó Tutankatón–, no he empezado...

–«Las palabrotas ensucian la boca de quien las dice más que los oídos de quien las oye.» ¡Debierais saberlo!

–Pero...

Nakhti dejó en el suelo los panes de tinta sólida, negra y roja, luego echó una ojeada al trabajo de Ankhsenpaatón:

–Está muy bien, Majestad, podéis ir a almorzar... Por lo que a nosotros se refiere, muchacho, haremos un pequeño dictado más...

La princesa se levantó y, antes de salir de la estancia, lanzó una mirada traviesa a Tutankatón.

¡Grrrr!...

—¡Tomad vuestro material de escritura! —prosiguió el escriba.

—Pero llegaré tarde a la natación.

Cada tarde, tras las lecciones de cálculo y escritura de la mañana, Tutankatón se entregaba a esos ejercicios físicos. Le enseñaban a nadar, a luchar con las manos desnudas y a disparar el arco. También le hacían montar a caballo, aunque sólo estuviera al comienzo de ese aprendizaje.

—No, no —repuso Nakhti, el escriba—, no será largo. ¡Tomad vuestro material de escritura!

Tutankatón, sentado con las piernas cruzadas en su jergón, apoyó en sus rodillas la tablilla de marfil. Colocó una hoja de papiro encima y un pan de tinta en el hueco previsto para ello. Tomó un pequeño fragmento de junco, masticó unos segundos la punta para obtener un pequeño pincel.

Pero realmente era injusto...

—¿Estáis listo? —preguntó Nakhti.

El escriba de ágiles dedos tomó un aire concentrado para mostrar que creía a pies juntillas en lo que iba a decir, y dictó:

—«Si te aprovechas un solo día de la escuela, es para toda la eternidad.» Repito: «Si te aprovechas... un solo día...»

Tutankatón mojó el pincel de junco en un pequeño bote con agua, lo pasó varias veces sobre el pan de tinta hasta que se ennegreciera y comenzó a escribir. Desde hacía tres años, había aprendido a dibujar varias decenas de jeroglíficos distintos: el halcón, el buitre, la caña, la víbora cornuda, el disco solar, el escarabeo... Cada uno de ellos representaba una letra, o un sonido, o una palabra. En función de la frase, podía representar la letra A o la palabra «buitre».

No era fácil.

–«Los trabajos que se hacen en la escuela –prosiguió el escriba–, son duraderos como montañas.» Repito: «Los trabajos que se hacen en la escuela... Los trabajos...»

Tutankatón dejó de escribir: había dibujado un halcón en vez de un buitre. Tomó la bolsa de cuero puesta a su lado, quitó el cordón que la cerraba y sacó una pequeña piedra granulosa. Rascó el animal erróneo. Luego tomó de su estuche un alisador de marfil y frotó el papiro para aplanar el lugar dañado, para que nada se corriera cuando se volviera a escribir encima.

–Final del dictado –anunció Nakhti el escriba–. «Sumérgete en un libro como te sumerges en el agua. Quien no lo hace nunca, cae en la miseria.» Repito: «Sumérgete en un libro... sumérgete...»

Tutankatón echó una rápida ojeada por la ventana, hacia el Nilo. «Pues bien, a mí, pensó, me gustaría zambullirme en el agua del río. ¡Y mucho, esta tarde!» Luego volvió a su papiro, a sus buitres alineados, a sus cañas y sus patos salvajes. «Ojalá fuera ya grande, lo supiera todo y no tuviera nada que aprender ya. Ojalá pudiera pasarme el tiempo en las cañas, cazando patos silvestres...»

* * *

Habían pasado dos años más.

En la sala del trono del palacio real, que parecía tanto mayor cuanto estaba desierta, el divino padre Ay iba de un lado a otro. Las noticias del exterior no eran buenas. Chemu, la estación de las cosechas, estaba terminando. También este año la cosecha había sido mala y no se llenarían los silos para trigo. Los campesinos se quejaban cada vez más, buscando las razones de su miseria: ¿no sería por culpa del dios Atón? Con Khnum, Horus, Bastet y Amón, el rey de los antiguos dioses, la vida era mejor. Éstos sabían escuchar a la gente pobre.

Un servidor entró en la sala del trono.

—¿Puedo encender las lámparas?

El divino padre, perdido en sus negras ideas, no había advertido que caía la noche. Tutankatón no iba a tardar ya ahora.

—Sí, hacedlo.

Otro objeto de preocupación, las fronteras de Egipto, más frágiles que nunca. La oficina de asuntos exteriores se derrumbaba bajo tantas tablas de arcilla enviadas por los países aliados. El rey de Byblos, atacado por el rey Amurru, había pues pedido ayuda a su amigo faraón: «Envíame cincuenta pares de caballos y doscientos infantes para que pueda defenderme.» Sin respuesta, le había enviado una segunda tablilla: «Gran rey, me postro a tus pies, siete y siete veces. Nuestros enemigos han firmado alianzas. Tengo mucho miedo pues nadie hay aquí para salvarme.» En un postrer mensaje decía: «Un hombre con un puñal de bronce me ha atacado. Ya no puedo salir de palacio. Pero no me contestas. Temo por mi vida.» Desde entonces, estaban sin noticias.

En la sala del trono, el divino padre iba y venía nerviosamente. Cada vez que pasaba junto a un candil de aceite, la llama oscilaba, llenando la habitación de sombras móviles y fantasmáticas.

–Tutankatón no va a tardar ya –repitió.

Sí, Egipto iba mal. Cuando Akenatón lo había heredado de su padre, diecisiete años antes, el Doble País era poderoso. Lo había seguido siendo casi hasta la fiesta del jubileo. Pero, desde hacía seis años, todo iba de mal en peor, la cólera crecía entre los campesinos, las fronteras se volvían frágiles y los sacerdotes de los antiguos dioses, furiosos por haber perdido sus poderes, conspiraban...

Ay había probado varias veces, como padre de la reina Nefertiti y lugarteniente general de los carros, a avisar a Akenatón de los problemas del país. Por desgracia, el faraón se había desentendido siempre de ello: prefería encerrarse en su palacio para escribir y volver a escribir su famoso himno a Atón, hasta la locura.

¿Pero para qué rumiar el pasado? Lo irreversible se había producido y le correspondía ahora a él, Ay, tomar las cosas en sus manos.

El servidor anunció la llegada de Tutankatón.

–¡Que entre!

El divino padre le vio dirigirse hacia él. El tiempo había pasado tan deprisa: el muchacho tenía ya nueve años. No era muy alto para su edad, no muy fuerte. Más bien enclenque, incluso. Pero su rostro oval y regular, dominado por sus grandes ojos negros, era hermoso. Sus labios carnosos esbozaban una eterna sonrisa: parecía contento de vivir. Y es cierto que, hasta aquel día al menos, su vida en palacio había sido agradable y fácil. ¿Estaría a la altura?

El divino padre se sentó en un banco de madera con los pies en forma de zarpa de león.

–Ven a mi lado... Tengo que decirte algunas cosas.

El muchacho lo hizo.

–Como sabes, una doble desgracia ha caído estos últimos meses sobre palacio. Se produjo primero la brutal muerte de Akenatón, nuestro amado faraón, que tanto hizo por el país...

Mientras hablaba, el divino padre examinaba el rostro del muchacho, intentando leer sus pensamientos, para no sobresaltarle. El niño no parecía en absoluto intimidado por la conversación, ni por la sala del trono, ni por las móviles sombras. ¿Acaso sospechaba algo?

–Antes de su muerte, Akenatón había asociado a su hermano Smenker al ejercicio del poder. Smenker habría sido un excelente faraón si, como sabes, la muerte no se lo hubiera llevado a su vez, bruscamente...

Tutankatón escuchaba atentamente, concentrado y silencioso. El divino padre volvió la cabeza hacia el trono vacío.

–Tenemos que encontrarle un sucesor. Puesto que Akenatón y Nefertiti no tuvieron hijos y el faraón debe ser un hombre, buscamos del lado de los demás miembros de la familia real, primos, hermanastros, sobrinos... Sólo hemos encontrado un hombre, únicamente uno...

El muchacho frunció el ceño: comenzaba a comprenderlo todo.

–Eres muy joven, Tutankatón, y no estás muy preparado para ello, pues nadie habría podido imaginar la doble desdicha que ha caído sobre nosotros. Pero te ayudaré...

En el rostro del muchacho de nueve años, no había ya ahora ningún rastro de su eterna sonrisa.

–Tutankatón, tú serás el próximo faraón de Egipto.

Capítulo dos

Amarna, enero de 1892

**Carter recuerda sus comienzos
La arqueología como un rompecabezas
¿Un faraón olvidado?**

En el castillo de Highclere, Howard Carter golpeaba maquinalmente el cristal de la biblioteca, pensativo. Fuera, una fina lluvia regaba el césped del parque. El arqueólogo intentaba recordar el momento concreto en que había oído hablar por primera vez de Tutankamón. ¿Cuándo fue aquello? ¿Hacía veinte, veinticinco años? No, más aún, treinta años. Tenía por aquel entonces diecisiete y no era aún un arqueólogo.

Recordó, divertido, al joven tímido y torpe que era por aquel entonces.

Al llegar a Egipto, había heredado un borrico gris que sólo hacía lo que le daba la gana. El animal se detenía sin cesar para tragar briznas de hierba y tomaba, a posta, los malos caminos. Sobre su asno negro, el campesino egipcio que le servía de guía debía dar media vuelta y, de un manotazo, devolver aquella maldita bestia al recto camino.

–¡Amarna! –anunció el egipcio tras una hora de trayecto.

El joven inglés miró a su alrededor, desconcertado. Era imposible: no había allí templo alguno, ninguna ruina de la antigua ciudad, ni siquiera pedazos de columnas, sólo una extensión pedregosa, árida y plana.

–¿Está usted seguro? –preguntó.

–¡Amarna! –repitió el egipcio, que sólo hablaba árabe. Carter descabalgó, tomó su maleta y su carpeta de dibujo, pagó luego al hombre que inició el regreso con sus dos asnos. A los diecisiete años, era su primer viaje lejos de sus padres, lejos de su patria, lejos de todo. De pronto, se sintió completamente perdido, solo en el mundo. ¿Pero dónde estaba Flinders Petrie, el arqueólogo que le había hecho llegar hasta allí?

Se volvió: el egipcio y sus asnos habían desaparecido. Con su maleta bajo un brazo, su carpeta de dibujo bajo el otro, caminó por el inmenso y desértico campo de pedruscos. A la derecha, el Nilo. A la izquierda, montañas. En lo alto, el sol, por fortuna no muy cálido en aquel mes de enero de 1892. Ante él, única alma viviente en el paisaje, un cuervo burlón saltaba de un guijarro a otro.

Tras quince minutos de marcha, divisó a lo lejos unos puntos obscuros, como pacas de heno, no, pacas no, barracas, sí, unas barracas de madera. Y había humo, vida, ¡seres humanos!

Un hombre de unos cuarenta años salió a su encuentro. Con el pelo despeinado, una larga barba enmarañada, la camisa sucia y el pantalón agujereado, parecía un vagabundo.

–¿Es usted Howard Carter? –preguntó el hombre–. Soy Flinders Petrie. ¿Ha hecho usted un buen viaje?

–Hum, sí, gracias...

–Le esperaba. Tengo mucho trabajo para usted. Es dibujante, ¿no es cierto?

–Sí –repuso tímidamente Howard–. Mi padre es pintor de animales. Pero también hace retratos y paisajes. Y trabaja para algunos periódicos ilustrados de Londres. Él me enseñó a pintar, cuando era muy pequeño.

–¡No es que sea muy viejo, usted, aún! Su trabajo consistirá en plasmar sobre papel los bajorrelieves y los jeroglíficos grabados en la piedra. Y en dibujar el plano de los monumentos.

–¿Monumentos?...

–Sí, es cierto, Amarna se parece un poco a un campo de patatas –se divirtió Petrie–. Pero aguarde hasta esta noche y ya verá: con el sol poniente aparecen sombras y se ve entonces, claramente, el trazado de las calles, de las casas, de los palacios y los templos. La antigua ciudad reaparece. Bienvenido a Amarna, el nombre árabe de la antigua ciudad de Atón. ¡Bienvenido a la capital de Akenatón!

* * *

La primera semana, Carter construyó su barraca de madera. Luego, Flinders Petrie le hizo copiar un fresco que mostraba un desfile de Akenatón en la ciudad. Luego, puesto que el joven se lo pedía con insistencia, el arqueólogo le atribuyó un paraje para excavar junto a los fundamentos del gran templo de Atón. Cavó el suelo y, sólo tras tres días de trabajo, descubrió los fragmentos de una estatuilla de Nefertiti: la suerte del debutante.

Las siguientes semanas, no encontró ya nada de interés, pero el virus de la excavación le había afectado y, cada mañana, se levantaba con ganas de ir a trabajar, aquel día, lo presentía, iba a desenterrar algo, una estatuilla, un bajorrelieve o una vasija, y si por mala suerte no encontrara nada, lo haría al día siguiente o dos días después, pero sabía que su empecinamiento acabaría siendo rentable.

Y fue rentable, en efecto.

–¿Puedo mirar? –preguntó Petrie, mientras cenaban alrededor de un fuego de campamento.

Carter le tendió orgullosamente la tablilla esculpida que había desenterrado a última hora de la tarde. A la luz del fuego, el arqueólogo la observó atentamente.

–Es hermosa, muy hermosa... Aquí está Akenatón en su trono, con ese cuerpo deforme fácilmente reconocible. Lástima que la piedra esté rota a la altura de la cabeza... Aquí, danzando sobre las rodillas del faraón, Nefertiti... Y ahí, dos de las niñas de la pareja... Se ven a menudo en los bajorrelieves de esta época... Es una hermosa tablilla, aunque no muy interesante...

¡Así era Petrie! Podía mostrarse terriblemente desestabilizador, y no sólo por su aspecto desaliñado, su desprecio del lujo y las convenciones. «No es muy interesante...», rumió el joven Carter, ofendido.

–Ya ves, Howard, tu tablilla quedará muy bonita en una estantería, pero no aclara ninguno de los misterios de la ciudad de Atón. Lo interesante sería saber por qué fue arrasada la ciudad.

–¿Arrasada?

–Sí, arrasada. Destruida. Antaño, los egipcios construían las casas y los palacios con ladrillos de barro crudo, una materia muy frágil. Es normal que no quede nada. Pero los templos, en cambio, debían ser eternos como los dioses que albergaban. Por eso se construían en piedra. Y ha funcionado: los templos de Luxor y de Karnak, 250 kilómetros más al sur, siguen de pie 3300 años más tarde...

–¿Y el gran templo de Atón no era de piedra?

–Sí, sus cimientos demuestran que lo era... De modo que debería quedar algo. Puesto que no es así, debió de ser desmontado por la mano del hombre, destruido piedra a piedra, como toda la ciudad de Atón, por otra parte... ¿Quién lo hizo? ¿Cuándo? ¿Por qué? Eso es lo que yo quisiera saber, y tu bonita tablilla, desgraciadamente, no aporta respuesta alguna...

El joven Carter escuchaba, fascinado, la demostración de su compañero. Era cautivador: la historia parecía un gigantesco rompecabezas. Algunas piezas del pasado habían atravesado los tiempos y las encontrábamos hoy: eran las estatuas, las inscripciones, los cimientos... Otras habían desaparecido. El objetivo de la arqueología era imaginar, a partir de las piezas existentes, la forma de las piezas que faltaban para reconstituir el conjunto de la historia...

Petrie echó un leño al fuego de campamento y, luego, sacó de su bolsillo un viejo pañuelo de tejido. Lo desplegó y sacó un pequeño anillo, no muy hermoso. Lo tendió a Carter, que lo observó.

–Hay una inscripción en jeroglíficos: un sol, un escarabeo, tres rayas verticales y un semicírculo. ¿Qué significa eso?

–Es el nombre de una persona –respondió Petrie–. Puesto que está rodeado por un cartucho, se trata de un faraón, el faraón Tutankamón.

–No lo conozco.

–Es normal, nadie lo conoce. Ni siquiera aparece en la lista oficial de faraones establecida por los historiadores de la Antigüedad. Sin embargo, existió efectivamente puesto que existe este anillo. Y puesto que fue encontrado en la ciudad de Atón, supongo que vivió allí. Podría haber reinado justo después de Akenatón. ¿Pero por qué su nombre no está en la lista de faraones? Otro misterio que me gustaría esclarecer...

–¿Era el hijo de Akenatón y Nefertiti?

–Es imposible decirlo. En los frescos sólo aparecen las hijas de la pareja... Pero eso no significa nada. ¿Era Tutankamón hijo de Akenatón y otra mujer? ¿Era un hermanastro de Akenatón? ¿Un primo? En todo caso, debía formar parte de la familia real puesto que se convirtió en faraón. Pero con los pocos elementos de que dispongo, no puedo decirte más...

Flinders Petrie calló y permaneció silencioso largo rato. Tal vez intentaba imaginar las piezas que faltaban del rompecabezas gigante, o tal vez se viera desenterrando nuevos indicios.

A su lado, también el joven Carter pensaba en aquel misterioso Tutankamón. ¿Quién era? ¿Cómo habría sido su vida hacía 3200 años? ¿Qué había sentido en el momento de convertirse en faraón?

A lo lejos, quebrando el silencio, un perro ladró en la noche.

¿Era el hijo de Akhenatón y Nefertiti?

—Es imposible decirlo. [illegible] sólo [illegible] de esas hijas de la pareja. Pero eso no significa que [illegible] ¿[illegible] de Akhenatón y otra mujer? ¿[illegible] hermanastro de Akhenatón? [illegible] En todo caso, debía formar parte de la familia real puesto que se convirtió en faraón. [illegible] pero [illegible] no puede demostrarse.

[illegible] callo, [illegible] silencio [illegible] en [illegible] quizá las piezas [illegible] de [illegible] gigante, [illegible] nuevos indicios.

A su lado, [illegible] joven [illegible] con aquel misterioso Tutankhamón. ¿Qué [illegible] sido su vida hasta los [illegible] años? ¿Qué habría sentido en el momento de convertirse en faraón?

A lo lejos, [illegible] el [illegible] de la noche.

Capítulo tres

Tebas, hacia 1330 a.JC

«Cómo me convertí en faraón»
De los dioses y del oro
Dieciocho años y la eternidad por delante

«**S**iempre recordaré la mañana en que, con el torso y los pies desnudos, con un simple taparrabos plisado rodeándome las caderas, mi vida cambió. Tenía yo nueve años y, aquel día, me convertí en faraón de Egipto.

Quince días antes, con el divino padre Ay y otras personas importantes de palacio, habíamos abandonado la ciudad de Atón y remontado el Nilo en una nave regia hasta Tebas, la capital abandonada antaño por Akenatón. Durante aquel viaje, el divino padre me había explicado el desarrollo de la ceremonia que se acercaba: yo, que había crecido con el dios Atón, sería coronado, como mis predecesores, en nombre de los antiguos dioses. Con sus cabezas de cocodrilo o de ibis, que me asustaban un poco. Al llegar a Tebas, unos sacerdotes me habían tomado en sus manos y me habían prohibido comer durante tres días.

Luego, una mañana, me habían conducido, inquieto y casi desnudo, ante la entrada del templo de Karnak. Allí cambió mi vida. El templo se abría ante mí como un vasto laberinto de pasadizos, salas, corredores y pasos secretos. ¿Por dónde ir? A pesar de las explicaciones del divino padre, me sentía perdido.

De pronto, un monstruo con cuerpo humano y cabeza de halcón surgió tras una columna. Hice un breve gesto de retroceso, hasta comprender que se trataba de un hombre enmascarado, uno de los sacerdotes que, durante la ceremonia, desempeñarían el papel de los dioses.

Me tomó la mano derecha –yo intentaba no temblar–, mientras otro me cogió por la izquierda. Así flanqueado, fui conducido a través de un bosque de columnas hasta una sala iluminada por antorchas.

Un hombre me indicó por signos que me situara en medio de una pila de piedra. A mi alrededor, en los cuatro puntos cardinales, cuatro sacerdotes enmascarados sujetaban recipientes de oro. Reconocí a Thot, el ibis; Seth, el perro y Horus, el halcón. No conocí al último. Pronunciaron palabras mágicas y derramaron sobre mí el agua sagrada. Me estremecía: por medio de esta agua, yo me volvía puro y digno de aparecer ante Amón, el rey de los dioses.

Los sacerdotes me condujeron a través de un patio adornado con dos obeliscos hacia la capilla del norte, donde se hallaban cuatro dioses del Bajo Egipto, luego hacia la capilla del sur. Apenas hube entrado, divisé una sombra fugaz que se arrojaba sobre mí y, como un relámpago, se enrollaba alrededor de mi cabeza. No moverse. No respirar: era la diosa-serpiente, hija de Amón. Me abrazaba para confirmar que su padre me había elegido para convertirme en faraón. Pero en aquel instante yo no lo pensaba, estaba petrificado: sólo tenía nueve años.

Aguardé un tiempo infinito hasta que un sacerdote se llevó a la diosa–cobra. Vestido con una piel de pantera y una peluca trenzada, pronunció palabras mágicas e incomprensibles, tomó la corona blanca del norte y la puso en mi cabeza. Lo repitió con la corona roja del sur. Por sus poderes sobrenaturales, aquellas coronas me ayudarían a cumplir con mi papel de faraón.

Reanudé mi marcha, siempre guiado por los sacerdotes, pasé monumentales pilonos y, luego, me dirigí hacia una pequeña capilla obscura, apenas con luz bastante para adivinar, entre dos colosos de piedra, el santuario de granito rosa del dios Amón. Entré solo, me arrodillé como me habían pedido, de espaldas a la hornacina, y sentí –estoy seguro de que la sentí– la mano del dios posándose en mi nuca.

Más tarde, ignoro si era la energía transmitida por Amón, pero me sentí apaciguado. Unos sacerdotes me revelaron mi gran nombre de faraón. Un nombre con cinco partes: el de Horus me convertía en representante de este dios en la Tierra; el de Nebty me colocaba bajo la doble protección de las diosas buitre y cobra; el de Horus de oro simbolizaba la victoria del bien sobre el mal; por mi nombre de coronación, Nebkheperure, me convertía en rey del Alto y el Bajo Egipto; finalmente, conservaba yo mi nombre solar, el que me había dado al nacer mi madre: Tutankatón.

Cuando salí del templo, el sol estaba alto ya en el cielo. Una densa multitud me aclamó, entusiasta: yo, Tutankatón, de nueve años, me había convertido en el igual de los dioses, en el único capaz de mirarlos de frente y rendirles culto. Lentamente, tieso como una caña, con la corona en la cabeza, avanzaba hacia el carro que me aguardaba. Subí a él y di la vuelta a la ciudad, como hacen los faraones.

De anochecida ya, regresé al palacio real de Tebas, feliz de encontrar mi cama: por muy dios que fuera, me sentía muy fatigado.»

* * *

«¿Cómo es la vida de un faraón?

Sólo tengo diecisiete años, de modo que no lo sé todo, pero puedo contar la infancia de un faraón.

Unos días después de mi coronación, el divino padre vino a mi encuentro y anunció: "La ciudad de Atón es la capital del Doble País. Debemos regresar y vivir allí."

Al comienzo, me aliviaba que él tomara las decisiones en mi lugar. ¿Cómo habría podido, tan joven, gestionar a solas el más poderoso país del mundo?

Regresé pues a la ciudad de Atón, luego a la escuela donde, como por arte de magia, Nakhti nunca más me riñó. Por otra parte, yo no le daba ocasión de hacerlo: procuré no pronunciar más las palabras que ensucian la boca –en público al menos–.

El escriba de los dedos ágiles me enseñó la geografía de mi reino, país de arena atravesado por el Nilo, fuente de toda vida. Me enseñó a calcular la cantidad de trigo producida por un campo en función de la altura de las crecidas, y la cantidad que se tomaba en forma de impuesto. Me enseñó el funcionamiento del Estado, "Estado con tres cabezas" decía rascándose la suya: el ejército, que mantiene el orden; los sacerdotes, que se cuidan de las relaciones con los dioses, y yo, el faraón, que lo dirige todo.

En el año 4 de mi reinado, el divino padre me confió un problema que le preocupaba: "Majestad, me dijo, debo hablaros de los antiguos dioses. Akenatón quiso suprimirlos pero fracasó. Sus sacerdotes siguen siendo poderosos y el pueblo no deja de venerarlos. Para levantar el país, necesitamos el sostén de todo el mundo. He aquí lo que os propongo..."

Le escuché largo rato y acepté su proposición. Así fue cómo, a los trece años, para mostrar mi afecto por todos los dioses y, sobre todo, por el mayor de todos ellos,

Amón, cambié de nombre: de Tutankatón, que significa "imagen viva del dios Atón", me convertí en Tutankamón, "la imagen viva del dios Amón". Abandoné igualmente la ciudad de Atón para instalarme en Tebas, donde hice que se abrieran de nuevo los antiguos templos, invadidos ya por las malas hierbas.

En esa ciudad acabé de aprender mi oficio de faraón. Actualmente, cada mañana, después del aseo real, el divino padre me lee los despachos del día. El rey del Karaduniash me testimonia su fidelidad: pensar en responderle rápidamente. El arquitecto del templo de Faras me pregunta si iré a inaugurarlo: decirle que sí (tomo, cada vez más, solo mis decisiones). El general Horemheb anuncia que ha puesto de nuevo en orden la administración real. Excelente noticia, aunque su método dé qué pensar: a los funcionarios corruptos se les corta la nariz...

Por la tarde, para relajarme, voy a veces a cazar patos en compañía de Ankhsenpaatón, la princesa con la que antaño iba a la escuela. Rebautizada como Ankhsentamón, se ha convertido en una hermosísima joven. Mi mujer.»

* * *

El otro día, unos servidores bajaron mi trono hasta el gran patio de palacio. A pesar del asfixiante calor, sería más práctico así.

Me senté en él vestido de gala: la túnica de lino plisado con la cola de jirafa, unas sandalias cubiertas de cuentas y la corona azul con la cabeza de cobra. En una mano llevaba el cetro y el látigo real; en la otra, la cruz ankh, símbolo de vida eterna.

Con un imperceptible movimiento de cabeza, di la orden de partida.

Al son de las trompetas, el virrey de Nubia entró en el patio acompañado por numerosos príncipes vestidos con pieles de leopardo y plumas de avestruz. Se arrodillaron a mis pies, con la cabeza gacha y los brazos al aire, en señal de respeto.

–¡Levantaos! –les ordené.

Obedecieron.

Unos servidores entraron entonces en el patio, depositando ante mí escudos cubiertos de pieles de felino, un magnífico taburete plegable de ébano con almohadones de pieles, un carro chapado en oro, copas llenas de piedras preciosas, bolsas, bolsas y bolsas de polvo de oro...

Mientras aquellos maravillosos regalos iban amontonándose, sentí que nacía en mí una gran alegría. Los artesanos de Nubia habían realizado un trabajo fabuloso y el virrey Huy, que había recogido los objetos y me los había traído, también.

Un segundo carro tirado por caballos entró en el patio. En él iba una hermosa princesa negra. La seguía un esclavo, con una palma en la mano para protegerla del sol. Tras la ceremonia, la princesa se quedaría en Tebas: formaba parte de los regalos.

Eché una ojeada a la tribuna donde se encontraban los más eminentes miembros de la corte. Encontré la mirada de Ankhsentamón, mi amada esposa, y le dirigí un pequeño guiño que significaba: "No te preocupes, amor mío, esta princesa se alojará en mi harén, pues es la tradición, pero no cn mi corazón porque te amo a ti". Ella me respondió con otro guiño cómplice.

De pronto, unos gritos roncos. En la entrada del patio, un rebaño de bueyes bien cebados, con inmensos cuernos curvos. ¡Monstruosamente impresionante! Pero no tanto como la interminable bestezuela que cerraba el cortejo: con un cuello tan largo que estuvo a punto de no cruzar el porche, torpe y atemorizada, avanzaba una jirafa.

Me levanté y di un paso hacia el virrey, que se arrodilló.

–Virrey Huy –declaré con voz firme y solemne–, para agradecerte tu fidelidad, he aquí algunos regalos en justa compensación.

Un servidor egipcio me acercó una bandeja llena de collares de oro. Mientras los ponía, uno a uno, en el cuello del virrey, yo buscaba con la mirada a un hombre en la tribuna oficial. ¿Dónde estaba? ¡Ah!, allí. El divino padre Ay inclinó la cabeza, como diciéndome: "Lo estáis haciendo muy bien, Majestad. ¡Estoy orgulloso de vos!" Aquello me caldeó más aún el corazón.

Sé que estoy ahora a la altura de mi función. Durante ocho años, he escuchado mucho, mirado mucho, aprendido mucho. Con la ayuda del divino padre y del conjunto de los dioses, he enderezado la situación del reino. Las fronteras están ya consolidadas, los países aliados tranquilos, los campos verdean, los campesinos son felices y los sacerdotes se han tranquilizado. El Doble País ha recuperado su grandeza de antaño y esto sólo está empezando.

Soy un buen rey y me convertiré en un grandísimo rey, de los que reinan por mucho tiempo, de los que aniquilan a sus enemigos, de los que bautizan templos y dan confianza a su pueblo. Lo haré tan bien que seré recordado eternamente.

Mi imagen aparecerá en los monumentos y jamás, jamás de los jamases, mi nombre desaparecerá.»

Sé que estoy [illegible] a la [illegible] de mi [illegible]. Durante generaciones he escuchado [illegible], cuando muere algu[illegible] [illegible] su padre [illegible] todos los dioses, [illegible] de [illegible]. Los [illegible] están [illegible] los [illegible] de los templos, los [illegible] con [illegible] y los [illegible]. El [illegible] la [illegible] [illegible].

Soy [illegible] rey y [illegible] rey [illegible] que [illegible] de los que [illegible] y das [illegible] a [illegible] pueblo. Lo [illegible] [illegible].

[illegible] de los [illegible].

Capítulo cuatro

Tebas, noviembre de 1901

Cómo Carter se convirtió en inspector
¡Han desvalijado una tumba!
Tras la pista de los ladrones

Alos diecisiete años, Howard Carter descubrió pues la existencia de Tutankamón a la luz de un fuego de campamento.

Durante los siguientes días, pensó a menudo en el misterioso faraón y se divirtió imaginando su vida. Incansablemente, surcó la desierta ciudad de Atón, pensativo: aquí había crecido el rey. Forzosamente debían quedar rastros en alguna parte, enterrados junto al palacio real o el templo de Atón. Al joven dibujante le hubiera gustado desenterrarlos para resolver los enigmas planteados por Flinders Petrie: ¿de quién era hijo Tutankamón? ¿Por qué no aparecía en la lista de los faraones? ¿Por qué nada se había encontrado de él, salvo un anillo? ¿No había hecho nada en toda su vida?

Pero no descubrió nada y olvidó muy pronto al fantasmático faraón para consagrarse a otros reyes, éstos del todo reales.

Abandonó la ciudad de Atón y se instaló en Tebas, donde trabajó seis años en la restauración del templo de la reina Hatshepsut: allí acabó de aprender su oficio de arqueólogo.

Gaston Maspero, el responsable de las Antigüedades de El Cairo, se puso entonces en contacto con él: «Es usted un buen arqueólogo, conoce bien la región tebana, habla corrientemente en árabe y sabe dirigir un equipo. ¿Aceptaría convertirse en inspector de Antigüedades para el Alto Egipto?»

A los veinticinco años, aceptó complacido.

* * *

–¿Y en qué consiste su trabajo, señor inspector?

Cómodamente sentado a la mesa del salón de honor del Winter Palace, el joven Carter no conseguía apartar su mirada del meñique de la vieja inglesa sentada ante él: sujetaba su taza de té manteniéndolo muy derecho.

«Podría colgar ahí mis llaves», pensó él divertido.

–¿Hum, mi trabajo...? Procuro que los turistas puedan visitar en buenas condiciones los parajes arqueológicos. He hecho pues que instalen la electricidad en el Valle de los Reyes, donde están enterrados casi todos los faraones del Imperio Nuevo... Controlo también el trabajo de los egiptólogos: si descubren una nueva tumba, anoto lo que contiene...

—¡Qué interesante es eso! ¿Ha descubierto ya algún tesoro? —se excitó la anciana dama, cuyo meñique se puso un poco más rígido aún.

Carter lamentaba haber aceptado su invitación a desayunar: sabía ya cómo terminaría aquello.

Cada año era la misma historia: cuando la niebla y la escarcha cubrían Gran Bretaña, los ingleses más ricos se marchaban, como aves migratorias, hacia los países cálidos y secos. Muchos de ellos se posaban entonces en los hoteles de la región: a partir de noviembre, los parasoles coloreados florecían en el desierto egipcio; ¡sobrenatural visión!

—¿Un tesoro?... No, nadie ha encontrado nunca uno. En la Antigüedad, debía de haber muchos: las tumbas de los faraones estaban atestadas de joyas y estatuillas de oro... Desgraciadamente, tras 3000 años, los saqueadores han peinado la región: ninguna sepultura se les escapó. Hace tres años, descubrí efectivamente una tumba, la de un noble. Montaba yo a caballo cuando éste tropezó y me hizo caer. Había metido el casco en un agujero pequeño. Mirándolo bien, advertí que había allí una piedra tallada por la mano del hombre. Y, al agrandar el agujero, descubrí la entrada de una tumba. Desgraciadamente, había sido saqueada en la Antigüedad: estaba casi vacía. Hoy, los arqueólogos sólo encuentran objetos dispersos...

–¡Qué lástima! –lamentó la anciana dama, cuyo meñique se ablandó y se encogió– ¿Cree usted que yo podría participar, de todos modos, en excavaciones?

«¡Ya estamos!», pensó Carter. Los ingleses exiliados acababan siempre por aburrirse. Una vez cansados de las veladas mundanas y las visitas a lomos de asnos, comenzaban a intentar excavar un rincón de desierto en busca de algún tesoro olvidado. Era preciso evitarlo a toda costa y arrancar de raíz al arqueólogo dominguero que dormitaba en ellos.

–Para hacer excavaciones, hay que pedir primero autorización. ¡Es terriblemente administrativo! Luego, se pasan horas al sol arañando la tierra para, muy a menudo, encontrar sólo un miserable fragmento de alfarería... Créame, miss Christie, no es muy divertido. Pero si lo desea, puedo facilitarle la dirección de un buen anticuario...

El meñique de la anciana dama se encogió un poco más.

Satisfecho, Howard Carter bebió un trago de té con bergamota. Un egipcio con chilaba marrón llegó entonces al salón del hotel.

–Señor, por fin le encuentro –jadeó en inglés.

–¿Qué ocurre, Mustafá?

–Unos ladrones han entrado esta noche en la tumba de Amenofis II... Han tocado la momia. ¡Tiene usted que venir!

–¡Ladrones! –se atragantó la anciana dama, cuyo meñique se puso rígido de pronto.

–¡Qué excitante!...

–Voy enseguida –respondió el arqueólogo, aliviado al abreviar aquel desayuno y, a la vez, inquieto por lo que iba a descubrir.

* * *

Howard Carter montó en su caballo y, luego, flanqueó el Nilo algunos centenares de metros, hasta el centro de Luxor, eran las 10 de la mañana y la calle estaba atestada, aguadores, hortelanos, mujeres veladas, adolescentes que acechaban a los ingleses para ofrecerles una vuelta en calesa o un paseo por el templo de Karnak.

Subió en el viejo transbordador que, desde las 5 de la madrugada a la medianoche, iba y venía incesantemente entre ambas orillas del Nilo. Sonó un toque de cuerno, indicando el comienzo de la travesía.

–¡Mustafá, cuéntame lo que ha ocurrido!

–Abdel estaba de guardia la noche pasada. Esta mañana, cuando ha abierto la tumba de Amenofis II para las visitas, ha advertido que la momia había sido sacada del sarcófago. Sin embargo, el candado de la verja de entrada no ha sido forzado...

–¿El candado está intacto? Es extraño... ¿Y Abdel no oyó nada?

—No, nada.

La tumba de Amenofis II, descubierta en 1898 por el arqueólogo francés Victor Loret, no contenía gran cosa –la momia y una maqueta de madera de la barca real– pero Carter, como inspector de Antigüedades, era responsable de ello.

—¿Se ha avisado a la policía?

—Sí: no debería tardar.

Un segundo toque de cuerno indicó la llegada de la embarcación al otro lado del Nilo. La orilla occidental del río era muy distinta de la oriental: aquí, ni ciudad, ni multitud, ni hoteles. Esta ribera era verde, estaba cubierta de palmeras datileras, de maizales y campos de caña de azúcar.

Alejándose del Nilo por la pista de tierra, se atravesaban varias aldeas y, luego, tras dos kilómetros, el paisaje cambiaba bruscamente: el verdor daba paso a un desierto blanco y pedregoso. El aire se volvía seco y ardiente, la luz deslumbradora, casi dolorosa.

Carter pasó al galope ante el templo de Hatshepsut, excavado en la ladera de la montaña, luego giró hacia la izquierda por un pequeño sendero que se elevaba zigzagueando. Desde la cima, volviéndose, habría descubierto el valle del Nilo que ondulaba apaciblemente entre arenas amarillas. Pero, presa de la inquietud, franqueó la cresta sin detenerse y se zambulló en el Valle de los Reyes. Aquel atajo le había permitido ganar media hora.

La llegada al valle era impresionante: no había allí traza alguna de vida vegetal o animal, sólo calcáreo blanco, un lugar de muerte. Al pie de un precipicio rocoso, la entrada de la tumba de Amenofis II se abría como unas fauces. Carter se reunió con el grupo de hombres que allí estaban y descabalgó.

–Buenos días, Abdel. ¿Pero qué ha pasado?

El egipcio le contó la historia: la noche de guardia habitual y luego, por la mañana, el descubrimiento de la tumba profanada.

El arqueólogo tomó una antorcha y descendió por el estrecho pasadizo rocoso que se hundía en la montaña. Pasó por dos pequeñas salas, una tras otra, y desembocó en la cámara funeraria de muros decorados con la efigie de los dioses. En medio, el sarcófago de cuarcita roja estaba vacío. La momia yacía a un lado, en el suelo. Las vendas de lino habían sido cortadas. Un destrozo. El ladrón era un profesional: sabía que los sacerdotes egipcios colocaban pequeñas joyas de oro bajo las vendas y las había recuperado.

A la luz de su antorcha, Carter inspeccionó el suelo y descubrió huellas de pasos frescos en la arena. Varias clases de huellas: las de Abdel, sin duda, y otras.

–¡Señor Carter!... ¡Señor Carter!...

Volvió rápidamente a la superficie. Un hombrecillo examinaba el candado de la verja de entrada. Muy flaco, casi seco, flotaba en su uniforme de policía.

–Es extraño –dijo el hombrecillo sin levantar la cabeza–. El candado no parece forzado y sin embargo, mirándolo bien, se advierte que ha sido serrado y vuelto a pegar con plomo...

Extraño, en efecto. ¿Por qué los ladrones habían vuelto a soldar el candado? ¿Por qué Abdel no había oído nada? Carter tenía que aclarar cuanto antes todo aquello: estaba en juego su reputación de inspector de Antigüedades.

* * *

La investigación fue realizada tan rápidamente como rápidamente fue enterrada.

El arqueólogo y el pequeño policía fueron a Gurnah, una aldea en el lindero del desierto. Sus casas de ladrillo de barro crudo y techo plano albergaban a campesinos, artesanos y a la tristemente célebre familia Abd el-Rassul.

Mohammed Abd el-Rassul, un hombre de unos cincuenta años y barba canosa, les abrió.

–*Salam malecum.* ¿Qué puedo hacer por ustedes?

–*Malecum salam* –respondió el policía mostrando su placa de oficial–. Tengo que hacerle unas preguntas.

–¡Sean bienvenidos, son mis invitados!

Los tres hombres penetraron en una pequeña estancia fresca y se sentaron en una alfombra roja. Mientras una mujer les servía té verde, el pequeño policía hizo las preguntas de costumbre: «¿Dónde estaba la noche pasada?» «¿Tiene testigos?» El hombre respondió con calma: «Dormía en mi cama, como todas las noches», «mi mujer es testigo. ¿Quiere hablar con ella?» Howard Carter le observaba en silencio. Parecía honesto y recto. Era difícil imaginar que se trataba de un saqueador de tumbas. Treinta años antes, sin embargo, la familia Abd el-Rassul se había distinguido tristemente: cierto día, auténticas figuritas egipcias habían aparecido entre los anticuarios de Luxor. Era evidente que alguien había descubierto algo en alguna parte, y lo colocaba ilegalmente, con cuentagotas. El inspector de Antigüedades de la época había intentado seguir la pista. Sospechaba de la familia Abd el-Rassul, pero era imposible tener pruebas de ello. Tras seis años de investigación y de presiones, uno de los hermanos había terminado yéndose de la lengua: efectivamente habían encontrado una nueva tumba. Por desgracia, saqueada por primera vez en la Antigüedad, contenía muy pocas cosas, momias y los objetos llevados a los anticuarios.

–¡Enséñeme dónde guarda sus zapatos! –ordenó de pronto el pequeño policía.

Mohammed Abd el-Rassul no mostró sorpresa alguna:

–¿Mis zapatos? Si es un capricho...

Los tres hombres acudieron a un trastero lleno de ropa, alimentos y vajilla. El pequeño policía comparó las suelas de los zapatos con el dibujo a escala de las huellas encontradas en la tumba de Amenofis II.

–¡Mire eso!

Carter tomó el par y lo comparó con el dibujo. El mismo tamaño, la misma forma. Eran éstas, era él.

–Registremos la casa –ordenó el pequeño policía.

–¿Con qué derecho?

–Es usted sospechoso de haber violado la tumba de Amenofis II.

El hombre se acarició la barba canosa y se encogió de hombros:

–*Inch Allah*! Si esto puede complacerle...

Howard Carter conocía de antemano el resultado del registro: el sospechoso actuaba de aquel modo porque había ocultado su botín en otra parte. Mientras registraban la casa, el joven arqueólogo no pudo evitar pensar en el anciano saqueador. En cierto modo, le admiraba. No al individuo sino su vida, una vida buscando tesoros. Debía de ser mucho más excitante que beber té con viejas inglesas.

El registro no dio ningún resultado –evidentemente–, pero el pequeño policía y el arqueólogo siguieron convencidos: tenían a su ladrón. Sus sandalias y su pasado le traicionaban. Sin duda había vuelto a soldar el candado para tener más tiempo antes de que se descubriera el latrocinio. Tal vez, incluso, había implicado a Abdel en el golpe, pagándole... Pero, sin las joyas, era imposible demostrar nada de nada. La justicia enterraría el expediente, por falta de pruebas.

Una vida buscando tesoros.

Al salir de la casa, el joven arqueólogo sólo tenía una cosa en la cabeza: descubrir un tesoro. Recordaba la inmensa alegría que había sentido tres años antes, cuando su caballo había tropezado y había descubierto una sepultura. Sin embargo, era sólo una tumba muy pequeña y, más aún, una tumba vacía.

Descubrir un auténtico tesoro; a eso quería consagrar su vida Howard Carter.

¿Pero existían aún los tesoros enterrados? ¿Quedaban tumbas intactas por descubrir? ¿Había escapado un faraón, desde hacía tres mil años, a todos los saqueadores?

Capítulo cinco

Valle de los Reyes, hacia 1325 a.JC

¡Horus ha alcanzado el Globo!
La momificación
La morada de eternidad

En cuanto se conoció la noticia, hombres y mujeres abandonaron sus actividades, se arrojaron al suelo y se golpearon la cabeza con las manos. Gritos estridentes e interminables lamentos se elevaron por encima de los ministerios, de los palacios, de los mercados.

–¡Horus ha alcanzado el Globo!

–¡Qué desgracia! ¿Qué edad tenía?

–Dieciocho o diecinueve años.

–¡Qué gran desgracia! ¿Y de qué ha muerto?

–Un amigo me ha dicho que había caído súbitamente enfermo. Pero me han hablado también de un golpe detrás de la cabeza durante su sueño...

–¡Qué inmensa desgracia!

Al pie del lecho del faraón, postrada y con los ojos enrojecidos, Ankhsentamón lloraba a su marido. El divino padre Ay se mantenía tras ella, abatido también. Después de Akenatón y Smenker, Tutankamón... ¡Qué maldición! Un rey tan prometedor y un joven tan gentil. Pero era preciso ser fuerte: no quedaba ya tiempo. El difunto pronto iba a iniciar en el mundo de los muertos un largo viaje al final del cual, si todo iba bien, se haría inmortal. Pero, para ello, necesitaba varias cosas que los vivos debían proporcionarle: en primer lugar, un cuerpo en buen estado. Luego, alimentos, armas y todos los objetos de la vida cotidiana indispensables para su supervivencia en el otro mundo. Finalmente, una tumba para colocar allí el cuerpo y sus cosas.

«Setenta días de luto antes del entierro, pensó el viejo Ay, será poco. Sobre todo para la tumba. ¡Es imposible excavar una en tan poco tiempo! Tendré que cederle la que he comenzado a hacerme en el Valle de los Reyes. Podría acabarse a tiempo...»

Una decena de sacerdotes entró en la habitación. Levantaron el cuerpo del joven rey, lo depositaron en unas parihuelas y, a pesar de las deploradas súplicas de la reina, se lo llevaron a la sala de oro. Allí, el cadáver fue desvestido por completo y puesto en un lecho elevado. A su alrededor, mesas cubiertas de escalpelos, martillos, garfios, largas agujas, óleos sagrados y ungüentos perfumados.

Un embalsamador tomó un largo pico y lo hundió en una fosa nasal para romper el tabique. Metió por allí una fina cuchara y retiró pequeños pedazos de cerebro, hasta que el cráneo quedó enteramente vacío. Entretanto, otro técnico hizo una incisión en el bajo vientre, por medio de una piedra de Etiopía. Retiró el intestino, el hígado, el corazón, los pulmones y todas las vísceras y los colocó en los cuatro vasos canopes previstos al efecto. Luego lavó el abdomen con vino de palma y lo llenó de aromas y de mirra.

El cadáver, privado de todo lo que podía pudrirse, fue afeitado y metido en natrón. Aquella sal tenía la propiedad de absorber el agua. Tras varias semanas de aquel tratamiento, el cuerpo quedó tan seco que parecía madera. Los rasgos del rostro de Tutankamón, aunque hundidos, seguían siendo reconocibles: el joven rey parecía apaciguado, casi sereno. ¿Por dónde paseaba, en aquel instante, su alma?

Llegó luego la última etapa de la momificación: unos embalsamadores tomaron finas vendas de lino y rodearon cada dedo del pie y de la mano, luego cada miembro, por fin el cuerpo entero. Algunos sacerdotes recitaban oraciones y colocaban bajo las vendas decenas de brazaletes, de colgantes y de imágenes protectoras de buitres o de cobras. La mayoría eran de oro, un metal que no se corrompe y que transmitiría su poder de eternidad al cuerpo del difunto. Así protegido, atravesaría intacto los milenios.

El sexagesimonono día, víspera de los funerales, los sacerdotes cosieron dos manos de oro en el pecho de la momia, una tenía el azote real, la otra el cetro de Osiris. Luego pusieron en su cabeza la magnífica máscara de oro que los artesanos apenas acababan de concluir. Tutankamón tenía un cuerpo incorruptible ya, el soporte indispensable para su viaje hacia la inmortalidad.

* * *

¡Oh vosotros, Espíritus divinos,
que arrastráis la Barca del Señor de la Eternidad,
que aproximáis el Cielo a la Región de los Muertos!
¡Oh! ¡Aproximad mi Alma a mi Cuerpo glorioso!

Una multitud inmensa se había apretujado a lo largo del camino que llevaba del palacio real al templo funerario –donde se había llevado a cabo una ceremonia ritual–, luego del templo funerario al Valle de los Reyes, donde iba a ser enterrado el difunto.

El cortejo avanzaba lentamente. Altos dignatarios y sacerdotes, calzados con sandalias blancas, llevaban en la mano un tallo de papiro, símbolo del dominio de Hathor en el que Tutankamón penetraba. Los cortesanos llevaban luego el material indispensable al difunto para su «viaje de eternidad». Venía a continuación un grupo de mujeres, plañideras profesionales que se desgañitaban ruidosamente, y la reina Ankhsentamón que sollozaba sinceramente. Finalmente, colocado en una narria en forma de barca y arrastrada por bueyes rojizos, la momia del faraón cerraba la marcha.

¡Oh tú, gran Alma, poderosa y llena de vigor!
¡Heme aquí, llego! ¡Te contemplo!
¡He atravesado las Puertas del Más Allá
para contemplar a Osiris, mi Padre divino!

El cortejo subió por el valle de calcáreo blanco, dominado al fondo por una montaña puntiaguda como una pirámide. Los sacerdotes velaron porque el mobiliario fúnebre fuera colocado en la tumba según un orden preciso: aquí los tronos, los lechos y la ropa; allí los carros, las lanzas y los arcos; más allá la vajilla, las jarras de vino y los panes; y en esta estancia, los vasos canopes que contenían las vísceras.

En la mayoría de los objetos se habían inscrito jeroglíficos, siempre los mismos: un sol, un escarabeo, tres rayas verticales y un semicírculo. El nombre de coronación de Tutankamón. El difunto lo necesitaría en el más allá para probar a los dioses que había sido faraón. Sin su nombre, perdería su identidad y dejaría de existir definitivamente.

¡Que mi nombre me sea devuelto
en el gran Templo del Más Allá!
Que conserve el recuerdo de mi nombre
en medio de las inflamadas murallas del Mundo Inferior.

Los sacerdotes levantaron la momia de la narria y la mantuvieron de pie, sobre sus piernas, ante la entrada de la tumba. Un agua purificadora corrió por la máscara de oro y el sudario. El divino padre Ay puso una corona de olivo y aciano en el cuello del muerto, luego, con la ayuda de una hachuela, le abrió simbólicamente los ojos y la boca para reanimarle. El alma evadida del difunto podía ya regresar a su cuerpo.

Salud, oh Príncipe de la Luz,
concede a mi boca los poderes de la palabra,
para que, a la hora en que reinan la Noche y las Nieblas
pueda yo dirigir mi corazón.

Los sacerdotes acompañaron a Tutankamón hasta su última morada. Ankhsentamón, abrumada por el dolor, se arrojaba puñados de arena en la cabeza. La momia fue depositada en un ataúd de oro macizo, colocado en un segundo ataúd mayor, colocado a su vez en un tercer ataúd, depositado por su parte en un sarcófago de piedra.

Los vivos volvieron a salir de la tumba y, luego, cerraron la entrada con tierra, para hacerla invisible a los saqueadores.

En el interior, Tutankamón, cuyo cuerpo y cuya alma se habían reunido de nuevo, iniciaba su largo viaje por el más allá. Se vería obligado a conducir una barca por el mundo inferior, a metamorfosearse en halcón de oro y en fénix real, a luchar contra los demonios con cabeza de cocodrilo y a atravesar el cielo. Llegaría luego la implacable pesada del alma. Anubis, el dios con cabeza de perro, lo llevaría a una gran sala presidida por Osiris, Isis y Neftis. El corazón del muerto sería colocado entonces en la bandeja de una balanza; en la otra, la pluma de Maat, diosa de la verdad y de la justicia. Si el corazón era tan ligero como la pluma, el faraón se volvería inmortal. De lo contrario, la gran devoradora con cabeza de cocodrilo y cuerpo de león le desgarraría sin piedad y moriría definitivamente.

¡Oh Maat! ¡He aquí que llego ante ti!
Aporto en mi corazón la verdad y la justicia
pues he arrancado de él todo el mal.
No he tratado con los malvados.
No he cometido crímenes.
No he maltratado a mis servidores.
No he robado el pan de los dioses.
No he hecho llorar a los hombres, mis semejantes.
¡Soy puro! ¡Soy puro! ¡Soy puro! ¡Soy puro!
¡Que ningún mal me suceda en esta región, oh dioses!

Capítulo seis

El Valle de los Reyes, 1909-1922

En busca de Tutankamón
La inhallable tumba
Lord Carnarvon se impacienta

Howard Carter no necesitó menos de nueve años para descubrir el tesoro que buscaba.

En fin, no el tesoro en sí mismo: el comienzo de la pista que, tal vez, le llevara a un tesoro.

Se trataba de dos pequeños objetos encontrados por el americano Theodore Davis en el Valle de los Reyes. Dos objetos apenas lo bastante bonitos como para ser colocados en una vitrina: una taza de loza blanca descubierta bajo una piedra en 1905 y una hoja de oro encontrada en una pequeña sepultura cinco años más tarde.

Casi nada pues, minúsculos fragmentos arqueológicos, pero que interesaron a Carter en el más alto grado. Pues aquellas dos piezas, lo sabía, formaban parte de un mismo rompecabezas. Les unía un vínculo extraordinario: jeroglíficos idénticos grabados en ambos: un sol, un escarabeo, tres rayas verticales y un semicírculo.

Tutankamón, el faraón que evocó diecisiete años antes Flinders Petrie, reaparecía con pequeñas pinceladas en la superficie del globo y en la memoria del egiptólogo. Ínfimas pruebas de su existencia, habían atravesado las edades y surgían de nuevo casi 3200 años más tarde; estaba también el anillo de Petrie, que parecía indicar una infancia en la ciudad de Atón, y ahora los dos fragmentos descubiertos en el Valle de los Reyes. ¿Estaba enterrado allí el faraón olvidado?

¿Y si su tesoro seguía enterrado?

Una mañana de febrero de 1910, poco después del descubrimiento de la hoja de oro, Carter montó en su caballo y corrió hacia el puesto del anticuario Mohassib, excitado e inquieto a la vez. Llegaba con retraso.

Media hora más tarde, entró en una cueva de Alí Babá atestada de estatuas, papiros y jarros a cual más bello, pero todos falsos y destinados a los turistas.

–¿Ha llegado ya lord Carnarvon? –preguntó Carter al vendedor.

–Sí, está en la trastienda.

Carter pasó una cortina y entró en una pequeña estancia a la que sólo tenían acceso los ricos coleccionistas. En medio, una mesita baja y cuatro pufs de cuero, uno de los cuales estaba ocupado.

–Siéntese –dijo el hombre sentado–. Le aguardaba.

Incluso en un puf, lord Carnarvon era la encarnación de la elegancia: 41 años, agudo de cuerpo y de ingenio, con la cabeza erguida, los bigotes peinados y el cuello almidonado. Elegía siempre meticulosamente sus palabras para contar con humor y modestia sus periplos por los océanos y su castillo en Inglaterra, o para hacer sentir que llegabas con retraso. En comparación, Howard Carter, 33 años, macizo, levemente encorvado y taciturno, era un oso.

–Le he pedido que viniera para enseñarle esto –dijo el aristócrata tendiendo una estatuilla de cerámica azul–. ¿Qué piensa de eso?

El arqueólogo lo observó largo rato.

–Es la leona Sekhmet... Data del Imperio Nuevo... Según la forma del cuerpo, de la XIXa dinastía... Me parece auténtica. ¿Quiere comprarla?

Lord Carnarvon sonrió: tenía, en efecto, muchas ganas de adquirirla. Carter se la devolvió y lo aprovechó para tenderle dos fotografías en blanco y negro.

–Sí, ¿y qué? –se extrañó el aristócrata– Es una tacita sin demasiado encanto y una hoja de metal. ¿Acaso está en venta?

Lord Carnarvon no era un profesional de la egiptología. Había llegado a ella por accidente, en el sentido más literal del término. Unos años antes, aquel apasionado por la velocidad había sufrido un grave accidente de automóvil. Sus médicos le habían aconsejado que pasara el invierno en un lugar cálido y seco, para no oxidarse. Había aterrizado en Egipto y, para matar el tiempo, había iniciado una colección de antigüedades. Entonces, había pedido consejo a Howard Carter. Más tarde, cuando había emprendido excavaciones en los alrededores de Tebas, había contratado al arqueólogo para ayudarle. En la práctica, Carnarvon daba el dinero y, cuando iba a Egipto, se dirigía al campamento de excavaciones, con una flor en el ojal; Carter hacía todo lo demás.

–No, no está en venta. Son dos piezas que descubrió Theodore Davis en el Valle de los Reyes. ¿Ve usted esos jeroglíficos, aquí... y allá? Son la firma de Tutankamón.

–Tutankamón, ¿un faraón?

–Sí, un faraón olvidado que no dejó su nombre en templo alguno, ni siquiera en la lista oficial de los reyes...

–¿Habrá existido al menos? Tal vez sea un rey legendario, un mito sin existencia real...

–No, no lo creo.

–Entonces, ¿por qué no dejó huellas?

–Lo ignoro, pero esta taza y esta hoja demuestran que, efectivamente, existió. Y puesto que fueron descubiertos en el Valle de los Reyes, allí debió ser enterrado. Ahora bien, hoy por hoy no se han encontrado ni su tumba ni su momia...

–¿Insinúa usted que su tumba ha podido escapar de

los saqueadores?

–Sólo digo que no ha sido encontrada.

Lord Carnarvon miró de nuevo las fotos. Ya no veía en ellas una taza sin encanto y una hoja de metal, sino la promesa de joyas, de estatuillas, de oro. Lo bastante como para ampliar considerablemente su colección: la costumbre, en efecto, exigía que el descubridor de un tesoro se quedara con la mitad, yendo la otra media al Estado egipcio.

–¿Cree que podríamos emprender excavaciones en el valle?

Carter estaba contento de su manejo: su patrón había sido más fácil de convencer de lo que había temido.

–Claro. Hay que comenzar presentando una solicitud a la inspección general de Antigüedades. Sólo un equipo a la vez tiene el derecho a trabajar en el Valle de los Reyes y, de momento, Theodore Davis tiene este derecho. Pero en cuanto renuncie a él, podremos sucederle...

–¡Ah! El bueno de Davis se está haciendo viejo, ¿no es cierto?

Los ojos de lord Carnarvon brillaban como los tesoros que llevaba en su cabeza.

–¿Se le ocurre alguna idea sobre el lugar donde podría encontrarse la tumba?

* * *

La espera fue más larga de lo previsto.

Mucho más larga: Theodore Davis prosiguió sus excavaciones durante varios años aún. Aunque, de 1902 a

1910, había sacado a la luz unas treinta tumbas y escondrijos en el Valle de los Reyes –desgraciadamente, todas saqueadas en la Antigüedad–, a partir de aquella fecha no descubrió nada más. Pero le costaba ceder su lugar. ¿Quién sabe?, tal vez estuviera a punto de hacer el descubrimiento del siglo. No quería arrepentirse.

Howard Carter se armó de paciencia y siguió excavando por cuenta de lord Carnarvon, descubriendo en la región de Tebas varias pequeñas sepulturas.

–El Valle está vacío –declaró el anciano Davis en 1914–. No queda ya allí ninguna tumba de faraón por descubrir. Lo dejo.

Carter apenas tuvo tiempo de alegrarse, cuando estalló la Primera Guerra Mundial. Carnarvon puso entonces en punto muerto sus actividades arqueológicas.

* * *

Un chirrido en el Valle de los Reyes, el chirrido característico del metal contra la tierra, seguido por el choque de la grava en un cesto.

1 de diciembre de 1917; primera palada.

La cosa volvía a empezar.

Howard Carter observó largo rato el valle, como para tomar posesión de él. Hacía tanto tiempo que aguardaba ese momento... A aquellas tempranas horas, la cima de las montañas, iluminada por el sol naciente, tenía un color irreal, ni del todo rosa ni del todo anaranjado, un matiz que no existe en ninguna otra parte, y no tiene nombre.

El inglés examinó la parte baja del valle, en tinieblas aún. La entrada, encajonada, estaba flanqueada por acantilados rocosos y, a veces, abruptos. Se ensanchaba luego y se dividía en varios vallecillos laterales, como las ramas de un árbol. Allí, colinas pedregosas y redondeadas se mezclaban con los acantilados. Un paisaje grandioso que tal vez albergara, eso esperaba al menos, la tumba de Tutankamón: una aguja en un pajar.

Un concierto de chirridos y choques se elevaba ahora por encima del valle.

Carter echó una ojeada a su mapa.

–¡Más a la izquierda, Ahmed! –gritó en árabe– Haz que tus hombres excaven un poco más a la izquierda, ¡hacia la tumba de Ramsés II!

En su mapa, el inglés había representado con la mayor precisión posible el valle principal y los valles laterales, los relieves y el emplazamiento de la sesentena de tumbas y escondrijos sacados ya a la luz: Ramsés VI (abierta desde la Antigüedad), Seti I (descubierta por Giovanni Belzoni en 1817), Amenofis II (Victor Loret, 1898), Tutmosis I (Loret, 1899), Horemheb (Theodore Davis, 1908)... Luego había cubierto de trazos horizontales las zonas ya excavadas con certeza; verticales para las que sin duda habían sido inspeccionadas, aunque en una época en la que no se llevaban rigurosos registros.

De las escasas zonas que permanecían en blanco, había elegido una, entre las tumbas de Ramsés II, Ramsés VI y Meremptah. ¿Por qué aquélla? Porque estaba cerca de la entrada del valle y, sobre todo, porque lo sentía así. Lord Carnarvon, que permanecía en Inglaterra, le había dado su conformidad para excavar allí. Se trataba de un triángulo de setenta y cinco metros de lado, con la anchura de un campo de fútbol. Los excavadores precedentes lo habían utilizado como depósito para arrojar toneladas de cascotes. Ahora era preciso despejarlo todo.

Un trabajo faraónico.

Unos cincuenta hombres y muchachos, contratados dos días antes en las aldeas vecinas, se atareaban en el vértice este del triángulo. Un primer grupo, armado con picos y palas, llenaba cestos de tierra. El segundo, con los cestos en la cabeza, iba a vaciarlos más lejos.

–¡Un momento! –gritó Carter.

Un joven con una chilaba beige, con la frente chorreando sudor y polvo, se inmovilizó con la pala al aire. El arqueólogo se inclinó sobre el cesto. Había creído ver pasar... Pero no... no era nada, sólo unos trozos afilados de calcáreo blanco. Ningún pedazo de alfarería...

–Está bien.

El joven de la chilaba beige volvió a utilizar con energía la pala.

Aquel trabajo se parecía más a un tosco desmonte que a la refinada arqueología, pero bueno, no había otra solución.

A mediodía, cuando el valle era aplastado por los rayos del sol, los ruidos cesaron de pronto, todos al mismo tiempo. Los obreros desenrollaron unas pequeñas alfombras en el suelo y comenzaron a orar mirando a La Meca. Era al-dhuhr, la plegaria musulmana de mediodía.

Hacia las tres de la tarde, los rayos del sol se hicieron menos ardientes. Los hombres reanudaron su ronda sin fin: los cestos de mimbre salían llenos de cascotes, regresaban vacíos, volvían a marcharse llenos.

De vez en cuando, unos turistas endomingados aparecían a lomos de asno en la entrada del valle. Observaban unos instantes a los polvorientos obreros, visitaban dos o tres tumbas, se marchaban luego como habían venido, sin decir una palabra.

A las 6 de la tarde, el sol se hundió tras las montañas, sumiendo el fondo del valle en la penumbra. El concierto de chirridos cesó definitivamente. El balance de aquella primera jornada –algunos metros cuadrados despejados– era bastante alentador. Ciertamente, no habían descubierto nada, pero sólo era un comienzo.

El equipo volvió a bajar a paso ligero hacia las luces de las aldeas, dejando a los muertos en sus tinieblas.

* * *

Los siguientes días se asemejaron, interminables como la ronda de los cestos de mimbre.

Carter puso fin a aquella primera temporada de excavaciones el 2 de febrero de 1918, algo antes de lo previsto a causa de la guerra que se eternizaba en Europa. Normalmente, las excavaciones en el Alto Egipto duraban de diciembre–enero a marzo–abril: más allá, el asfixiante calor –más de 40 grados a la sombra– impedía cualquier trabajo físico prolongado. Durante aquella primera temporada, una pequeña parte del triángulo había sido despejada con, como único descubrimiento, los restos de algunas cabañas: sin duda las utilizadas por los obreros que habían excavado la tumba de Ramsés VI, 3000 años antes. Nada excitante, en suma.

La segunda temporada, durante el invierno 1918-1919, no fue más fructuosa.

Durante la tercera temporada, cuando Carter comenzaba a perder la esperanza de encontrar nada, la suerte le sonrió por unos instantes. Precisamente cuando lord Carnarvon y su esposa, lady Almina, regresaban a Egipto por primera vez desde la guerra, los obreros descubrieron en el vértice oeste del triángulo unas jarras de alabastro del tiempo de Ramsés II. Muy excitada, la condesa insistió en desenterrarlas personalmente, con sus hermosas manos blancas y con la manicura hecha.

La cuarta estación, 1920-1921, supuso el final de la limpieza del triángulo. Salvo por las jarras y las cabañas, los jornaleros no habían encontrado nada. Lord Carnarvon había gastado decenas de miles de libras egipcias por montones de guijarros.

* * *

¿Dónde excavar ahora?

El proyecto de Carter para la quinta temporada era excavar bajo las chozas de los obreros, para asegurarse de que no hubiera nada allí. Pero, para ello, habría sido necesario bloquear la entrada de la tumba de Ramsés VI. Ni hablar de aquello en pleno período turístico.

¿Dónde excavar, entonces?

El inglés se resignó a limpiar otra zona, del lado de la tumba de Tutmosis III, con 40 hombres y 120 muchachos. Sin convicción ni resultados.

¿Pero qué había fallado?

A menudo, antes de conciliar el sueño, Carter repetía punto por punto su razonamiento. En primer lugar, las hojas de oro y la taza indicaban un vínculo entre Tutankamón y el valle: debía de estar enterrado allí, como la mayoría de los faraones de la XVIIIa dinastía. Nada que decir sobre ello. En segundo lugar, la tumba no había sido descubierta aún: debía seguir allí pues. Nada que decir, tampoco. En tercer lugar, el triángulo a la entrada del valle era la zona más probable.

¿Por qué, entonces, no había encontrado nada?

La búsqueda del tesoro estaba convirtiéndose en un desastre. Carter temía, cada día un poco más, la llegada de una carta procedente de Inglaterra. Lord Carnarvon, y él lo sabía, creía cada vez menos en aquella historia del faraón olvidado. Muy pronto ordenaría que acabaran aquellas excavaciones tan caras como inútiles.

¿Y si Theodore Davis tuviera razón? ¿Y si el Valle de los Reyes hubiese revelado todos sus secretos?

Pero ni siquiera en los peores momentos de duda, Howard Carter conseguía convencerse: estaba seguro de que quedaba una tumba por descubrir, y tal vez un tesoro. No podía explicárselo, era así.

Algunas mañanas, al subir al valle, pensaba en el cortejo que había acompañado al rey hasta su última morada, hacía 3200 años. El paisaje no debía de haber cambiado mucho desde aquella época. Los altos dignatarios, las mujeres llorando y los sumos sacerdotes habían visto los mismos acantilados que él, en aquel instante. Habían seguido el mismo camino, hollado los mismos cortantes guijarros.

¿Hasta dónde habían proseguido su camino?

A veces, el arqueólogo se imaginaba siguiendo el cortejo y deteniéndose en el lugar preciso donde los sacerdotes se habían detenido: ante la tumba de Tutankamón.

El inglés acababa siempre su marcha ante su triángulo de excavación, donde le aguardaban sus obreros.

–*Salam malecum*, jefe. Parece usted preocupado esta mañana. ¿Algo va mal?

Sí, algo iba mal.

¿Por qué no había encontrado nada?

¿Dónde estaba Tutankamón?

¿Había existido, al menos?

Capítulo siete

Tebas, poco después
de la muerte de Tutankamón

La venganza de Horemheb
Muerto por segunda vez
Lo que ocurrió con la tumba

El mundo de los vivos es a veces más cruel que el de los muertos.

Mientras Tutankamón luchaba por su supervivencia en el dominio de los muertos, combatiendo a los demonios y cabalgando en barcas celestiales, no podía sospechar que, en el de los vivos, iba a desaparecer por segunda vez.

Después de su muerte, como no había tenido hijos, los sumos sacerdotes designaron al divino padre Ay para que le sucediera. Pero éste, ya de avanzada edad, reinó poco tiempo. Y como tampoco él había tenido hijos, los sumos sacerdotes confiaron las riendas del Doble País al general Horemheb.

Con sus negros ojos y sus hombros de toro, el general era autoritario: él era quien hacía cortar la nariz a los funcionarios corruptos. También era rencoroso: a pesar de los años, nunca había perdonado a Akenatón que hubiese renegado de los antiguos dioses. Convertido en faraón, procuró borrar todo lo que recordaba a su predecesor. Mandó así centenares de obreros a la ciudad de Atón para destruir las casas, destrozar las estatuas y desmontar los templos. Los bloques de piedra fueron llevados en barcos hasta Tebas para ser utilizados en la construcción de nuevos monumentos.

En unos pocos meses, nada quedó de la magnífica ciudad de Atón, sólo un campo pedregoso, árido y llano.

Pero la locura destructora del nuevo faraón no se detuvo ahí: también reprochó a Tutankamón que no hubiera denunciado bastante los errores de Akenatón y le hizo sufrir la misma suerte. Fueron enviados escribas escultores a todos los templos edificados por el niño-rey para burilar su nombre y substituirlo por el del general, como si él mismo hubiera hecho construir los monumentos.

Así, poco a poco, jeroglífico tras jeroglífico, Horemheb hizo desaparecer a su predecesor del muro de los templos, de la lista oficial de los faraones y de la memoria de los egipcios.

Muy pronto no quedó ya signo alguno, ni una sola huella del paso por la tierra de Tutankamón.

Como si nunca hubiera existido.

* * *

Y puesto que una desgracia nunca llega sola, el destino se encarnizó de nuevo, unos años más tarde, con el joven faraón. En una noche de luna llena, clara y fresca, cuando la atención de los guardianes del Valle de los Reyes se había relajado un poco, unas sombras furtivas se deslizaron hasta su tumba. Un oído muy atento habría percibido entonces el ruido de la tierra arañada, luego los sordos golpes de una maza contra la puerta de piedra, luego el maravillado silencio de los saqueadores al descubrir el tesoro de Tutankamón.

Segunda parte

Capítulo uno

Castillo de Highclere, verano de 1922

**Regreso al momento en que todo
habría podido cesar
Carter muestra su juego demasiado pronto
El gran «farol»**

Había dejado de llover.

En el parque del castillo de Highclere, habían hecho aparición dos jardineros, empujando una carretilla llena de flores en tiestos.

Con la frente apoyada en el cristal de la biblioteca, Howard Carter les miraba sin verles, perdido en el tumulto de sus pensamientos: su juventud, Tutankamón, el Valle de los Reyes, las excavaciones, el inhallable tesoro...

La puerta se abrió de pronto y en el marco apareció el mayordomo:

–Lord Carnarvon le recibirá. ¿Tiene la bondad de seguirme?

El arqueólogo comprobó discretamente que no había dejado rastros de grasa en el cristal. De todos modos, un ejército de mujeres de la limpieza debía atarearse haciendo desaparecer la menor mancha.

Siguió al mayordomo por el largo corredor que llevaba al despacho del conde.

Había llegado la hora de la verdad.

Lord Carnarvon iba a anunciarle que había gastado demasiado dinero en guijarros y que no seguiría haciéndose cargo de los gastos. Para el aristócrata, la arqueología era una diversión simpática. Pero cuando una diversión se hace demasiado cara, deja de ser simpática y, entonces, hay que cambiarla. Para Carter, era un oficio. Había consagrado a él su vida. Trabajaba en Egipto desde hacía tres decenios y ni siquiera había tenido tiempo de encontrar alguna amable mujercita. A sus 48 años, estaba soltero y no tenía hijos; su única compañía eran los reyes muertos.

¡Las fotografías!

Mientras caminaba, sujetó la bolsa bajo su mentón, la abrió con una mano y la registró con la otra. Sí, allí estaban, tres fotografías, las dos antiguas y la reciente. Evidentemente, allí estaban: lo había comprobado cien veces desde la mañana.

El mayordomo llamó a una puerta, aguardó la respuesta, abrió y anunció:

–El señor Howard Carter.

–¡Que pase!

Lord Carnarvon, también elegante con una camiseta veraniega –incluso en pijama debía de estarlo–, estaba sentado a su mesa. En el enmaderado, a su espalda, cuadros de sus antepasados, de su mujer Almina, de su hijo Henry y de su encantadora hija Evelyn.

–¡Siéntese, querido amigo! ¿Cómo va eso?

–Bien, bien... –respondió Carter.

¿Qué otra cosa decir? ¿Que las cosas no funcionaban? ¿Que dentro de cinco minutos habría perdido el empleo? A veces, el aristócrata le sacaba de quicio con su excesiva compostura. ¿Hablaba del mismo modo a sus jardineros y sus criadas?

–Quería verle –prosiguió lord Carnarvon– para que hablemos de nuestras excavaciones. Desde hace cinco años, ha hecho usted un trabajo considerable. Pero debemos reconocer que los resultados son... ¿cómo decirlo?... Que no están a la altura de su excelente trabajo.

El conde dejó pasar unos segundos, como si aguardara respuesta, pero Carter nada tenía que decir.

–Creo que debemos rendirnos a la evidencia: el Valle de los Reyes no tiene ya nada que ofrecernos...

Howard Carter sacó las fotos de su bolsa y las puso sobre la mesa:

–Pienso por el contrario que...

–¡Ah! La taza y la hoja de oro. Las recuerdo como si fuera ayer. ¡Hace ya doce años! Los clichés han envejecido mal, ¿no es cierto? Se han puesto muy amarillos...

–De hecho, la interesante es la tercera fotografía. Si quiere echarle una ojeada...

Carter se la tendió:

–Acabo de recibirla de Herbert Winlock, del Metropolitan Museum de Nueva York. Una extraña historia: hace diecisiete años, Theodore Davis descubrió unas jarras en el Valle de los Reyes. Contenían fragmentos de alfarería, trapos y otros restos sin interés. Las depositó en su casa y, luego, las olvidó. Dos años más tarde, Winlock se las llevó a Nueva York y las olvidó a su vez. Acaba de volverlas a abrir. Y resulta muy interesante: los trapos de lino que se ven ahí están impregnados de natrón, la sal utilizada para la momificación. Y están marcados con el sello de Tutankamón...

Lord Carnarvon esbozó una sonrisita irónica:

–Ah, el bueno de Tutankamón, ¿cómo se encuentra?

Carter se crispó en su asiento:

–¡Pero es un descubrimiento importante! Prueba que Tutankamón existió realmente y que está enterrado en el valle. En la próxima temporada de excavaciones, le propongo que...

–Ahí le detengo enseguida, Howard... No he sabido hacerme comprender: estoy convencido de que no hay nada que descubrir ya en el valle y no veo interés alguno en proseguir las excavaciones. He decidido pues detenerlas. No habrá nueva temporada.

Carter se encorvó algo más. Acababa de escuchar lo que, desde hacía ya varios meses, temía por encima de todo. Y, como un imbécil, había mostrado su mejor carta de

buenas a primeras. Había mostrado la fotografía y no podía dar nada más.

–¡Pero todo indica que Tutankamón está enterrado en el
valle! Y pienso que su tumba no fue saqueada... Déme una
temporada más, una última temporada de excavaciones. Si
no encuentro nada, entonces de acuerdo, lo dejamos todo.
Pero me gustaría proseguir sólo una temporada, por favor...

Era humillante: estaba obligado a pedir como un men-
digo ante un rico.

–¡Lo siento, Howard!

Y la respuesta era más humillante aún.

–Pero tengo un plan –insistió–. Quisiera excavar bajo
las chozas de los obreros de Ramsés VI. Si comenzamos el
trabajo muy pronto, no molestaremos a los turistas.

Lord Carnarvon hizo rodar la punta de su bigote entre
el pulgar y el índice:

–Lo siento, Howard, no creo ya en esta historia de Tutankamón...

–Por favor, una última oportunidad... Podríamos... Si
tanto le cuesta eso, podríamos... He aquí lo que podríamos hacer: conserva usted su derecho de excavar en el
Valle de los Reyes un año más. Sobre el terreno, yo lo pagaré todo, los obreros, el material, todo. Y si encuentro algo, será para usted. ¿Qué le parece?...

El arqueólogo se asombraba a sí mismo por aquella
proposición: ¡no tenía un céntimo! ¿Cómo hubiera podido pagar a los obreros?

Lord Carnarvon, que conocía la situación financiera de su empleado, le miró sorprendido. ¡Qué insensato empecinamiento!

—No, Howard, no quiero que pague usted este año de excavaciones suplementarias.

El sueño se esfumaba definitivamente. Tutankamón, el tesoro, todo había terminado.

—No pagará usted nada —prosiguió el conde—. Le autorizo a excavar un año más, pero yo lo pagaré todo. Le ofrezco un último año de excavaciones.

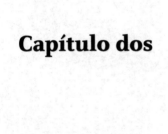

Capítulo dos

Capítulo dos

Última temporada de excavaciones
«¡Hemos encontrado algo!»
¿Pero adónde llevan estos peldaños?

Era un canario amarillo.

El arqueólogo lo había comprado en Londres, justo antes de regresar a Egipto: un alegre pájaro que cantaba en cuanto salía el sol y callaba cuando cubrían su jaula con un paño.

Desde su infancia, Carter sentía una verdadera pasión por los animales. Adoraba observarlos en la naturaleza, conocer su modo de vida y, naturalmente, dibujarlos. De hecho, a menudo prefería su compañía a la de los hombres. Por desgracia, desde que vivía en Egipto, no había tenido mucha suerte con ellos: sus perros, sus caballos, sus asnos y su gacela habían muerto antes de lo debido, de accidente y de enfermedad. Tal vez un pájaro resistiera mejor.

A fines de septiembre de 1922, el canario tomó el tren en Londres y llegó al puerto de Dover. Cruzó luego el Canal de la Mancha en barco hasta el puerto francés de Calais. Otro tren le llevó a París y, luego, a Marsella.

El jueves 5 de octubre, el pájaro y su dueño embarcaron en un paquebote con destino al puerto egipcio de Alejandría. El 11 de octubre, llegaron a la estación central de El Cairo: el arqueólogo pasó dos semanas en la capital para visitar a todos los anticuarios y encontrar objetos hermosos para su patrón. De la ciudad, el canario viajero sólo vio una habitación de hotel.

El 27 de octubre, el arqueólogo y su amarillo compañero tomaron el ferrocarril que flanqueaba el Nilo y, el 28 de octubre, bajaron al andén de la estación de Luxor.

–Salam malecum, señor Carter. ¡Oh! ¿Pero qué trae usted aquí?

El viejo servidor que, desde hacía diez años, trabajaba para Howard Carter abrió unos ojos como platos. Nunca había visto nada semejante.

–Pero si es... un pájaro de oro. ¡Seguro que le traerá suerte!

* * *

En su jaula, al abrigo del sol y del viento, el canario cantaba desde el alba.

–El último año –repitió Ahmed Gerigar como para convencerse de ello.

112 –Sí, el último.

Ahmed Gerigar, apodado el rais, el «jefe», por sus compatriotas, era la mano derecha de Carter en el terreno de excavaciones. No muy alto pero muy robusto, no tenía igual para dirigir un equipo de obreros. Un excelente contramaestre.

–¿Y el castillo? ¿Tendrá que devolverlo?

El «castillo» era el apodo de la casa donde vivía el inglés desde hacía once años. Situada en una pequeña colina desértica, al nordeste de la entrada del Valle de los Reyes, era cuadrada, tenía un piso y estaba coronada por un tejado llano. Todas las estancias se articulaban alrededor de un vestíbulo central cubierto por una cúpula. Una casa de estilo egipcio, cálida en invierno y fresca en verano, cuyos planos había dibujado el propio Carter.

–No lo sé. No he discutido de eso con lord Carnarvon. Me ayudó en la construcción pero no sé lo que va a decidir. Y, de todos modos...

Carter se encogió de hombros y soltó una sonrisa algo forzada:

–De todos modos, vamos a encontrar la tumba, ¿no es cierto? Bueno, voy a explicarte mi programa...

El anciano servidor llegó con dos vasos de zumo de naranja y los puso en la mesa del jardín.

–Gracias... En este último año vamos a despejar las barracas de los obreros.

–¿Ante la tumba de Ramsés VI?

–Sí. Como Ramsés VI murió doscientos años después de Tutankamón, tal vez los obreros que excavaron su tumba, sin saberlo, construyeron sus viviendas sobre la de Tutankamón. Así, involuntariamente, habrían contribuido a ocultar su entrada... Para asegurarnos, hay que quitar los restos de las barracas. Y, para no molestar a los turistas, debemos comenzar los trabajos lo antes posible. Estamos a 29 de octubre. ¿Cuánto tiempo necesitas para contratar un equipo de sesenta hombres?

–Dos días.

–Dos días. Según eso podemos empezar los trabajos el 1 de noviembre. Perfecto... Ahmed, brindo por nuestro último año de trabajo.

Levantó su vaso de zumo de naranja y lo vació de un trago.

* * *

El sábado 4 de noviembre de 1922, Howard Carter despertó más tarde que de costumbre. A pesar de la noche de sueño, se sentía fatigado.

Las excavaciones se habían reanudado hacía ya tres días, pero le costaba motivarse. Los años precedentes, iniciaba la temporada lleno de ardor y esperanza. Ahora, sentía tan próximo el final que no podía evitar pensar en ello. Su porvenir le preocupaba más que la búsqueda en curso. Sólo quería terminar la limpieza del triángulo para poder abandonar el Valle de los Reyes en paz, con la conciencia del trabajo terminado.

A las 9.30 h, montó en su caballo y subió por el camino que llevaba al valle. Desde hacía cinco años, lo había recorrido centenares de veces, miles tal vez, y se sabía de memoria cada recodo. Habría podido dibujar el valle a ciegas, sin olvidar la menor colina o acantilado, el menor cantizal... ¡Qué formidable balance! Cinco años de trabajo para convertirse en un perro sabio capaz de dibujar un paisaje con los ojos cerrados. Bravo. Era maravilloso.

Realmente no era aquel el destino con el que había soñado de joven. Tutankamón, la tumba, la excitación del descubrimiento, tal vez un tesoro... No había conocido nada de todo aquello. A los 48 años, su vida se resumía a toneladas de guijarros desplazados y a la compañía de un canario. Era muy triste.

Howard Carter subió al trote corto el camino que había recorrido, 3200 años antes, el cortejo fúnebre de Tutankamón y se detuvo, como siempre, ante su triángulo de excavaciones.

Los obreros trabajaban desde el alba.

No, no trabajaban.

No había ruido alguno, ningún chirrido metálico.

Un silencio de muerte.

Los hombres estaban allí, pero sentados en el suelo, esperando.

El rais Ahmed había recibido, sin embargo, instrucciones para la jornada. ¿Por qué no les hacía trabajar? ¿Una huelga?

—Bueno, Ahmed, ¿qué ocurre?

—Hemos encontrado algo.

* * *

En el suelo, entre anónimos y pequeños guijarros blancos y deformes, aparecía una arista de piedra de unos cincuenta centímetros de largo, muy recta. A un lado, una superficie plana horizontal; al otro, una superficie plana vertical que se hundía en el suelo. El fruto de un trabajo humano.

Con el corazón palpitante, Howard Carter se agachó y barrió los pequeños guijarros. La piedra angular se prolongaba por un lado y por el otro y se negaba a moverse. No era un bloque de calcáreo olvidado: estaba tallado directamente en el subsuelo rocoso.

El arqueólogo tomó una pala y, febrilmente, despejó el lienzo vertical que se hundía en el suelo. Tras haber cavado una profundidad de veinte centímetros, la pala rascó una segunda superficie horizontal.

Era un peldaño de escalera.

No se atrevía a creerlo: cuatro metros por debajo de la tumba de Ramsés VI, bajo la primera choza despejada, una escalera se hundía en el suelo.

–Tú, tú y tú... Y también tú –dijo muy excitado–; ¡venid, vamos a despejar los peldaños!

Durante toda la mañana, los hombres no sintieron el paso de las horas. ¡Olvidado el cansancio de la mañana! Pero cuidado con no precipitarse demasiado. De momento, no era aún una tumba: apenas dos peldaños de escalera. Bueno, tres. Y cuatro muy pronto.

Por la tarde, el empecinado trabajo prosiguió –cinco, seis, siete peldaños...–, sólo interrumpido por la puesta de sol.

Por la noche, a Howard Carter le costó mucho conciliar el sueño. ¿Qué había descubierto? ¿Sería acaso...? No, era demasiado pronto para pensarlo.

Un recuerdo cruel le venía a la cabeza: veinticuatro años antes, cuando había descubierto la tumba de un noble tras un paso en falso de su caballo, había perdido su sangre fría y lo había pagado muy caro. Demasiado optimista, había avisado a lord Cromer, el cónsul general de Gran Bretaña en Egipto. El dignatario había querido entonces estar presente en la apertura de la cámara funeraria. Durante una ceremonia con gran pompa, Carter había derribado la puerta de piedra y descubierto, por todo tesoro, tres miserables maquetas de embarcación de madera y alguna alfarería. Una tumba saqueada, ¡aquél era su gran descubrimiento! Y como guinda, el cónsul general había asistido a su descalabro...

Sobre todo, no precipitarse.

A la mañana siguiente, al amanecer, el trabajo se reanudó con fervor.

Ocho, nueve, diez peldaños...

La escalera, de un metro sesenta de ancho, se hundía profundamente en el subsuelo rocoso.

Once, doce peldaños...

Sólo a última hora de la tarde, cuando el sol se ponía ya, apareció la parte alta de una puerta, formada por piedras en bruto cubiertas de yeso.

Esta vez era seguro, se trataba de una tumba.

Y puesto que la puerta estaba cerrada aún, no había sido saqueada. Una tumba intacta.

Howard Carter sintió ganas de gritar su alegría pero –gato escaldado del agua fría huye–, se contuvo.

A la luz de su linterna, inspeccionó febrilmente la puerta buscando un indicio del propietario del lugar. Nada por ese lado... ni por aquel... Y allí, !ah!, un dibujo en relieve: el perro Anubis dominando a los nueve enemigos de Egipto. El sello de la necrópolis real. Era la tumba de un personaje de muy alto rango.

Tal vez un rey, pero no era seguro: la escalera era, con mucho, más estrecha que las de las demás tumbas reales. ¿Un noble? Por qué no: en la Antigüedad, el faraón autorizaba a veces a los dignatarios de mérito a excavar para sí mismos una sepultura en el valle, aunque tenía que ser modesta.

A la luz de su linterna, el inglés barrió la puerta y advirtió, arriba a la izquierda, un lugar donde el yeso estaba desconchado. Abrió un agujero apenas bastante grande para introducir la lámpara y echó una ojeada: al otro lado el corredor se prolongaba, lleno de cascotes desde el suelo hasta el techo. Estaba claro que habían protegido con mucho cuidado aquella tumba de los saqueadores.

Debía de contener un importante tesoro y albergar a un personaje de primerísimo plano. ¿Tal vez un rey, incluso?

Carter se moría de ganas de derribar la puerta y despejar el corredor, para saber qué había en la tumba y a quién pertenecía. Pero debía aguardar la llegada de lord Carnarvon: el aristócrata había gastado tanto dinero en esas excavaciones que parecía normal que estuviese presente en la apertura.

Inspeccionó por última vez la parte alta de la puerta buscando algún indicio sobre el propietario de la tumba, luego, a regañadientes, hizo que enterraran de nuevo la escalera. Pidió al más honesto de sus obreros que montara guardia durante la noche y, luego, bajó hacia su casa.

Como la víspera, le costó conciliar el sueño. La excitación. La excitación del descubrimiento. Ahora estaba seguro: había encontrado una tumba intacta. Tal vez la de un rey. Tal vez la de... la de aquel cuyo nombre no se atrevía aún a pronunciar, por pura superstición. Sería fabuloso.

La vida era extraña: cinco años sin encontrar nada y luego, sólo en tres días, un verdadero descubrimiento.

El lunes 6 de noviembre de 1922 por la mañana, con los ojos enrojecidos por la fatiga pero a paso ligero, Howard Carter fue a la oficina de correos de Luxor para telegrafiar a Inglaterra el siguiente mensaje para lord Carnarvon:

«Maravilloso descubrimiento en el valle. Tumba soberbia con sellos intactos. Espero su llegada para abrir. Felicidades.»

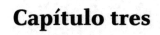

Capítulo tres

Capítulo tres

El sello de Tutankamón
Se excava
Carter comprende la terrible realidad

«¿Se acuerda usted de mí? Nos conocimos en el Winter Palace hace más de veinte años, cuando era usted inspector de Antigüedades. Paso unos días en Luxor y acabo de saber que ha descubierto usted una tumba. Tengo algunas dificultades para caminar, pero estoy a su disposición en caso de que necesite a alguien para sus excavaciones.»

De pie en el umbral de su casa, Howard Carter intentaba descifrar la firma de la carta que tenía en la mano: unos jeroglíficos del tipo «Bistie», «Tristie» o «Christie». Se rascó la cabeza, registrando en sus recuerdos, cuando una imagen apareció como un relámpago: un meñique levantado. ¡La vieja inglesa! ¿Qué edad podía tener ahora? ¿Ochenta años? En todo caso, era perseverante...

Desde hacía dos días, el camino de tierra que llevaba

al «castillo» se había transformado en un bulevar. La noticia del descubrimiento se había extendido de Luxor a El Cairo –sabe Dios cómo lo había sabido la gente– y se sucedían los mensajeros llevando felicitaciones, proposiciones de ayuda más o menos descabelladas, una nota del inspector de Antigüedades preguntando por la fecha de la apertura, o también la carta de respuesta de Arthur Callender. Carter había preguntado a aquel ingeniero inglés, ya jubilado, que vivía en una granja al sur de Luxor, si aceptaría encargarse de los problemas técnicos durante la apertura de la tumba: había aceptado.

El 8 de noviembre, el mozo de la oficina de correos recorrió por dos veces el largo trayecto hasta la casa. La primera vez, con la frente brillante de sudor, para llevarle un mensaje de lord Carnarvon que decía: «Intentamos llegar lo antes posible.» Y luego, ya por la tarde, sudando esta vez la gota gorda, para entregar un segundo telegrama: «Llegamos a Alejandría el 20 de noviembre.»

Doce días. Doce días de espera aún. Doce días soñando con el contenido del sepulcro. Puesto que ningún arqueólogo había descubierto nunca una tumba real intacta, nadie sabía lo que podía contener y Carter podía imaginárselo todo: joyas fabulosas, estatuas de oro, tronos y coronas incrustadas de pedrería...

Paradójicamente, aquella larga espera le proporcionó placer, un placer algo masoquista, como el de un niño los días que preceden a la Navidad, cuando sabe que recibirá un hermoso regalo, que tiene muchas ganas de abrirlo rápidamente, aunque no demasiado, de todos modos, para hacer que la sorpresa dure.

El 18 de noviembre por la noche, Carter se dirigió a El Cairo para hacer unas compras y recibir a lord Carnarvon. Pero el navío procedente de Europa se había retrasado y el arqueólogo regresó solo.

El conde y la adorable lady Evelyn, su hija de veintiún años, llegaron por fin a Luxor el 23 de noviembre de 1922.

Había llegado el momento de abrir la tumba.

* * *

—¡Vengan a ver!

Howard Carter y lord Carnarvon levantaron la cabeza. Adosados al murete que rodeaba la sepultura de Ramsés VI, discutían desde hacía más de una hora cambiando de lugar cada cuarto de hora para seguir a la sombra. Al comienzo, habían vigilado de cerca la limpieza de la escalera, luego se habían sentado y ahora lo vigilaban de lejos. El aristócrata hablaba de su colección de antigüedades que pronto aumentaría; el arqueólogo escuchaba cortésmente e inclinaba a veces la cabeza. Con el pensamiento, estaba ya en el interior de la tumba.

—¡Vengan a ver, jeroglíficos!

Ambos hombres corrieron hacia la escalera. Estaba ahora del todo despejada y tenía en total dieciséis peldaños. Agachado, abajo, el ingeniero Arthur Callender inspeccionaba la parte baja de la puerta enyesada. Carter y Carnarvon se reunieron con él.

—¡Allí!

Allí, un segundo sello, en mejor estado que el primero, mostraba de nuevo a Anubis y los nueve enemigos de Egipto. Pero éste estaba acompañado por jeroglíficos. Carter los desempolvó con el dorso de la mano y sintió que su corazón se aceleraba de pronto. Un sol, un escarabeo, tres rayas verticales, un semicírculo.

—Es él —susurró.

La cabeza le daba vueltas. ¡La tumba de Tutankamón! Tras tantos esfuerzos, la había descubierto por fin. Un sol, un escarabeo, tres rayas verticales, un semicírculo. No cabía duda. ¡Y estaba intacta!

Se volvió hacia el aristócrata. «Ya ve usted, estuvo a punto de decirle, tenía razón al insistir.» Pero guardó silencio: no quería estropear aquel momento de felicidad recordándole a su patrón los errores cometidos.

Se levantó y retrocedió un paso. Por primera vez, observaba la puerta en su integridad. Era de extraña fabricación: el yeso que la cubría no era uniforme. En la parte baja, donde aparecía el nombre de Tutankamón, estaba intacto. En la parte superior izquierda, parecía haber sido rehecha. Como si aquella parte hubiera sido abierta y vuelto a cerrar de nuevo.

El arqueólogo sintió que su sangre se helaba.

Abierta y luego cerrada.

Sus piernas se doblaban.

Ladrones.

La historia se repetía, implacable.

Había descubierto una tumba saqueada.

–Es formidable –soltó lord Carnarvon que no lo había comprendido aún–. Hemos descubierto la tumba intacta de Tutankamón. Tenía usted razón, Howard. ¡Mis felicitaciones!

Carter le miró, pálido y silencioso.

* * *

Durante toda la noche, intentó convencerse de que la sepultura no había sido vaciada por completo. De lo contrario, ¿por qué tomarse el trabajo de cerrarla de nuevo? ¿Eh, por qué? Los ladrones, sorprendidos durante su tarea por los guardianes del valle, tal vez hubieran emprendido la huida sin llevarse nada... y puesto que las chozas de los obreros de Ramsés VI ocultaban la escalera, aquello significaba que nadie había entrado en la tumba desde, por lo menos, hacía tres mil años. ¿Entonces?...

Pero él mismo no creía sus propios argumentos. La realidad era más sencilla: había descubierto una tumba saqueada.

Al día siguiente, sábado 25 de noviembre de 1922, el equipo hizo un molde de los sellos, los fotografió y, luego, quitó una a una las piedras cubiertas de yeso que servían de puerta. Detrás, el corredor proseguía en suave pendiente. Tan ancho como la escalera, tenía dos metros de altura y, como el arqueólogo había divisado ya por el agujero, estaba tapado del suelo al techo por piedras y guijarros blancos, salvo en la esquina superior izquierda, donde los guijarros eran obscuros.

Se había excavado allí un túnel irregular, y lo habían tapado de nuevo.

El paso utilizado por los ladrones.

Howard Carter sintió un nudo en su estómago.

Y los bandoleros no habían trabajado por nada: entre los cascotes que obstruían el paso, los excavadores descubrieron fragmentos de alfarería, jarras de alabastro o de cuencos pintados; objetos rotos o abandonados por los saqueadores.

Al anochecer, cuando se detuvo el trabajo, siete metros de pasillo habían sido despejados, sin que se viera el final.

Nadie habría podido decir adónde llevaba, pero Carter lo sabía ya: a un desastre.

* * *

El 26 de noviembre, la limpieza prosiguió durante todo el día. Un trabajo largo y fastidioso: en aquel túnel estrecho, obscuro e invadido por el polvo, la ronda de los cestos de mimbre era lenta.

Y para complicarlo todo, había que tener cuidado con los pequeños objetos encontrados entre los cascotes: cuando sacaban un pedazo de alfarería o de jarro, tenían que desenterrarlo delicadamente, numerarlo, describirlo en un registro mencionando el lugar de su descubrimiento y, luego, meterlo en una caja.

Un año antes, cuando las excavaciones estaban lamentablemente empantanadas, aquellos fragmentos habrían bastado para hacer felices a Carter y su patrón. Pero ahora retrasaban un poco más la apertura y constituían nuevas pruebas del paso de los saqueadores, y del fracaso por venir.

A media tarde, a diez metros de la primera puerta, apareció un dintel detrás de los cascotes, bajo el techo.

Una puerta o, más exactamente, su parte más alta, quedó despejada. Con lentitud, con una desesperante lentitud, se quitaron los cascotes que la cubrían, cesto a cesto. La parte visible de la puerta aumentó, primero el cuarto superior, luego la mitad superior, luego tres cuartas partes.

Al anochecer, estaba del todo despejada.

Se parecía a la primera como dos gotas de agua. También estaba sellada y también había sido forzada: arriba, a la izquierda, el yeso estaba estropeado.

Howard Carter golpeó el revestimiento. En algunos lugares, sonaba a hueco.

–¿Hacemos un agujero pequeño para ver?

–Claro –respondió lord Carnarvon–. Voy a buscar a Evelyn. Está fuera...

El arqueólogo tomó una barra de hierro y, con las manos temblando de emoción, hizo saltar el yeso. Insertó la barra entre dos piedras, la golpeó con una maza, la hizo girar, volvió a golpear. La barra fue hundiéndose, centímetro a centímetro, luego entró de golpe: había atravesado la puerta y, al otro lado, sólo había encontrado vacío.

El instante tan esperado y tan temido había llegado. Iban a saber.

Carter se volvió: lord Carnarvon y lady Evelyn estaban allí, así como Arthur Callender. Sus rostros, débilmente iluminados por la bombilla eléctrica, mostraban las huellas de la inquietud.

–¿Tiene usted una vela, Callender?

–Sí, en mi caja de herramientas. Y cerillas. ¡Tenga!...

El arqueólogo la encendió, retiró la barra de hierro de la puerta y colocó la vela ante el agujero para verificar que ninguna emanación peligrosa escapara de allí. La llama vaciló, pero no hubo explosión.

Carter volvió a insertar la barra en la puerta, la hizo girar sobre sí misma para ensanchar el agujero y, luego, la sacó.

–Echaré una ojeada.

Colocó la vela ante la abertura y miró hacia el otro lado de la puerta. Al principio, no vio nada: la llama parpadeaba, agitada por el aire cálido que escapaba de la cámara.

Luego sus ojos se acostumbraron a la obscuridad y divisó unas formas extrañas.

¿Cuánto tiempo permaneció así, observando el interior de la tumba? ¿Un minuto, dos tal vez? Pero a sus compañeros les pareció una eternidad.

Sin poder aguantar ya más, lord Carnarvon acabó preguntando:

−¿Ve usted algo?

El arqueólogo permaneció silencioso primero, luego, con un nudo en la garganta y la voz temblorosa, sólo pudo responder:

−¡Sí... maravillas!

Capítulo cuatro

La entrada en la tumba
Un trono, cofres y...
... una misteriosa puerta

Era una emoción increíble.

Todos los arqueólogos conocen sin duda esa sensación de respeto, casi de malestar, en el momento de entrever por primera vez el interior de una tumba cerrada desde hace siglos. Es como si el tiempo no existiera ya. La última vez que un hombre holló ese suelo fue hace tres mil años, más tal vez. Sin embargo, las huellas de dedos en el muro, la guirnalda de flores colocada ante la puerta, el bol de cemento medio lleno parecen ser de la víspera. El aire que se respira no ha cambiado desde hace tres milenios: los sumos sacerdotes, mientras colocaban el mobiliario fúnebre, respiraron el mismo. Casi podría esperarse ver a un hombre con un taparrabos de lino plisado surgiendo de algún recodo. Y casi sientes que estás de más...

–¿Ve usted algo?

A la luz de su vela, Howard Carter veía muchas cosas, una multitud de objetos, conocidos unos y otros que nunca había visto, una profusión que, ni siquiera en sus más enloquecidos sueños, nunca hubiera imaginado.

—¡Sí... —respondió con voz temblorosa— maravillas!

Despegó el ojo de la puerta, tomó la barra de hierro y ensanchó el agujero para que lord Carnarvon y él pudieran mirar al mismo tiempo.

Ambos hombres, cabeza contra cabeza, observaron largo rato el interior de la cámara.

La estancia rectangular debía tener tres metros y medio de profundidad por ocho de anchura. Al fondo, contra un muro blanco, tres grandes lechos dorados, alineados. Los largueros representaban animales fantásticos de cuerpo alargado y terrorífica cabeza: un hipopótamo, una vaca sagrada y un león.

Por encima y por debajo de los lechos, decenas de objetos apilados, sillas esculpidas, un magnífico trono reluciente de oro y plata, cofres incrustados con pasta de cristal, una copa de alabastro en forma de loto, extrañas cajas en forma de capullo, y más cofres aún...

Contra la pared de la derecha, dos impresionantes estatuas negras de madera, cara a cara, a dos metros una de otra. Representaban al rey de tamaño natural, armado con una maza y un largo bastón, y parecían montar guardia. Los taparrabos, las coronas, las joyas y las armas estaban chapadas en oro.

En el suelo, cestos despanzurrados, fragmentos de alfarería, jarros, pedazos de tejidos... Los saqueadores habían hurgado, roto, hurtado pero, sorprendidos sin duda por los guardianes, no habían podido llevarse gran cosa, estaba claro. Una suerte increíble.

Justo a la izquierda de la entrada, varios carros dorados y desmontados se apilaban en confuso montón, las ruedas por aquí, los ejes por allá. Y en medio de aquella maraña, una estatuilla del faraón miraba hacia la puerta de entrada...

El faraón.

¿Dónde estaba? Un descubrimiento se impuso de pronto a Carter: ¡no había sarcófago ni momia! No era la tumba de Tutankamón sino un simple escondrijo. En la Antigüedad, a veces se excavaban escondrijos para depositar los objetos funerarios. Por ejemplo, cuando una tumba había sido saqueada, lo que no había sido robado se enterraba en otra parte. Eso es lo que habían descubierto. Y eso explicaba la tan estrecha escalera.

El arqueólogo, algo decepcionado, no lo estuvo por mucho tiempo.

–¿Ha visto usted los centinelas? –preguntó lord Carnarvon–, diríase que vigilan algo, como una puerta oculta.

Carter no se había fijado a la primera ojeada, pero sí, el aristócrata tenía razón: el muro entre las dos estatuas negras no era blanco sino del color del yeso, el mismo color que las dos puertas del pasadizo.

–Sí, hay una puerta clausurada... Sin duda un paso hacia otra cámara.

–Es fabuloso, Howard, hemos hecho un descubrimiento fabuloso.

* * *

–¿Y ha visto usted el cofre pintado?

–No, ¿cuál?

–El hermoso cofre ante los centinelas.

–No, no me he fijado.

–Está muy finamente decorado. En la tapa, abombada, está Tutankamón en su carro, cazando leones. Y en el costado pequeño, algunas esfinges aplastando hombres...

–Debe de ser Tutankamón como esfinge, dominando a los nueve enemigos de Egipto –explicó Carter.

–¡En todo caso, es magnífico!

Lady Evelyn levantó la cabeza hacia el cielo estrellado.

–Me pregunto qué contiene.

–Se lo diré cuando lo haya abierto. Se lo escribiré.

La noche era fresca pero nadie parecía sentirlo. Mientras arriba, en el valle, un equipo de egipcios montaba guardia ante la tumba, abajo, ante el «castillo», el arqueólogo, el ingeniero, el aristócrata y su hija estaban tendidos en tumbonas, como abrumados por su descubrimiento, anestesiados por tanta belleza.

–¿Y el taburete negro con estrellas, lo han visto?

–No, yo no lo he visto.

Era sorprendente: cada uno se había fijado en objetos que los otros no habían visto.

–Dígame, señor Carter –preguntó Evelyn con su suave voz–, a su entender, ¿qué hay detrás de la puerta sellada?

–Sin duda otras estancias. Las tumbas reales estaban formadas a menudo por una sucesión de pasadizos y salas, la última de las cuales contenía la momia.

–¿Con un tesoro en cada estancia?

–No lo sé.

–¿Cree que los ladrones habrán entrado en las otras salas?

–Lo ignoro. La puerta tapiada me ha parecido intacta, pero la he visto demasiado lejos para estar seguro.

Hasta horas muy tardías, los cuatro compañeros imaginaron una sucesión de cámaras intactas, de tesoros cada vez más fabulosos con, al final, dormido desde hacía 3300 años en su lecho de piedra, Tutankamón.

Aquella noche no durmieron mucho.

* * *

Al día siguiente, lunes 27 de noviembre de 1922, los trabajos se iniciaron muy temprano.

Arthur Callender instaló cables eléctricos desde el generador del valle hasta la tumba de Tutankamón. Bien iluminado por las bombillas, el trabajo en el corredor se vio facilitado. Howard Carter tomó cuidadosamente el molde del sello, ante la benevolente mirada de lord Carnarvon.

Poco antes de mediodía, lady Evelyn bajó por el corredor:

–¡El señor Effendi está aquí!

–Perfecto, que venga.

La víspera por la noche, Carter había avisado a Reginald Engelbach, el inspector de Antigüedades, de la inminente apertura de la tumba. Pero éste, en viaje de negocios, no había podido acudir y había enviado a su ayudante, el egipcio Ibrahim Effendi.

Carter tomó una barra de hierro, de extremidad curva, y la introdujo por la abertura practicada la víspera. Hizo girar la barra para que el garfio se agarrara a una de las piedras que, pegadas por el cemento, formaban la puerta. Tiró secamente del garfio. Nada. Lo repitió. Nada. Al tercer intento, la piedra se movió levemente, como se descalza un diente de leche. Al sexto intento, se soltó y cayó al pasillo.

–¡Cuidado con los pies!

Lo repitió con las demás piedras. Tras un cuarto de hora de esfuerzos, había practicado un agujero lo bastante grande como para que pasara un hombre.

Carter fue el primero que entró en la antecámara y, durante unos segundos, permaneció a solas. El tesoro que durante tanto tiempo había buscado estaba allí, al alcance de la mano; habría podido tocarlo. Le invadió una extraña sensación: estaba en la tumba y, al mismo tiempo, tenía la impresión de moverse en su sueño de juventud. Presente y pasado se unían, sueño y realidad. Un instante mágico y conmovedor.

Luego entraron los demás.

–Diríase que la puerta está intacta –advirtió lord Carnarvon haciendo rodar su fino bigote entre el pulgar y el índice.

El arqueólogo, volviendo en sí de pronto, examinó la puerta oculta. Sí, parecía intacta. No había rastros de fractura. Sólo allí, en la parte baja, un lugar vuelto a enyesar. Un agujero tapado, pero nada grave: cuarenta centímetros de diámetro, insuficientes para que un hombre se deslizara por allí. Una gota de sudor corrió por su mejilla. Un hombre no, pero un niño...

–¿Echamos la puerta abajo? –preguntó para tranquilizarse cuanto antes.

–¡No, no pueden hacerlo!

Las miradas se volvieron hacia Ibrahim Effendi. El egipcio se aclaró la garganta:

–¡No pueden hacerlo! No sabemos qué hay detrás de esta puerta: de modo que no podemos derribarla hacia el interior. Y tampoco podemos derribarla hacia el exterior pues podríamos estropear los objetos que hay aquí... Primero debemos catalogar todo lo que hay en la antecámara, y vaciarla luego.

Howard Carter fusiló con la mirada al inspector adjunto. Dos cosas le molestaban profundamente. Primero, a causa de ese funcionario puntilloso, tendría que aguardar varios días, tal vez varias semanas, antes de saber lo que esa puerta ocultaba. Pero, sobre todo, lo que más le enojaba era que el inspector adjunto tenía toda la razón: antes de seguir adelante era preciso ocuparse, primero, de los objetos de la antecámara.

—¡Padre, venga a ver!

Lady Evelyn, a cuatro patas en el suelo, miraba bajo la cama con cabeza de hipopótamo. ¿Qué había descubierto? ¿Las pantuflas de Tutankamón?

El arqueólogo se agachó y vio... un agujero. Tras el lecho había un agujero practicado en el muro, una segunda puerta oculta, pero que en este caso no había sido cerrada de nuevo.

—Voy a ver —anunció Carter...

Se introdujo bajo la cama y pasó la cabeza por el agujero. El haz luminoso de su linterna barrió la obscuridad, primer fulgor desde hacía tres mil años. Aquella estancia, dos veces más pequeña que la otra, estaba atestada, absolutamente atestada de objetos. Era increíble. Jarras de vino, maquetas de barcos, cestas de alimentos, lechos, taburetes de mimbre, estatuillas de terracota, jarras de alabastro, todo mezclado, en un indescriptible desorden. Los saqueadores lo habían revuelto todo con la delicadeza de un terremoto.

El arqueólogo salió de la ratonera, atónito. Comenzaba a advertir la magnitud de la tarea que le aguardaba. Sería necesario trazar un plano preciso con la posición de todos los objetos, fotografiarlos, catalogarlos, embalarlos sin que se estropearan y, luego, sacarlos de allí.

¿Pero por dónde comenzar?

Nadie había descubierto nunca antes una tumba intacta; nadie había encontrado jamás semejante tesoro; nadie conocía el procedimiento a seguir. Habría que inventarlo todo...

Pasó su gran mano de oso por sus enmarañados cabellos, con la mirada perdida entre los dos centinelas negros. «Y además, se dijo, sólo hemos visto la parte que emerge del iceberg. Dios sabe qué oculta esta puerta...»

Capítulo cinco

Operación «sandalia»
Se han soltado las fieras
Se salvan los muebles

Era una sandalia derecha cubierta de cuentas, caída en el suelo entre los dos lechos de la izquierda. A su lado, un bastón de madera, una sandalia izquierda de cuero, dos fragmentos de bol de loza.

Carter se arrodilló, puso entre los objetos un cartón blanco con el número 85, examinó luego la sandalia derecha cuidando de no tocarla para evitar una catástrofe.

Era magnífica: las cuentas de cristal, cosidas una junto a otra, formaban figuras geométricas coloreadas, de gran refinamiento. Los egipcios adoraban cubrir de ese modo algunas joyas y vestidos. Pero, para los arqueólogos, eran una fuente de permanente preocupación: los hilos que sujetaban las perlas, corroídos por la humedad, se habían soltado con el tiempo. Al menor golpe, el mosaico se habría desmenuzado y habría desaparecido para siempre. Era imposible tocarlo sin destruirlo.

–Harry, ¿puede usted tomar una foto del grupo de objetos 85?

–¡Muy bien, jefe!

Henry Burton, apodado Harry, era el fotógrafo del equipo formado por Carter para vaciar la antecámara. A sus 43 años, vivía desde hacía varios en Egipto con su mujer, la muy *snob* Minnie Burton. Pero él, Harry, era más bien simpático, sabía fotografiar perfectamente las piezas arqueológicas y, sobre todo, había sido puesto graciosamente a su disposición por el Metropolitan Museum –a cambio de la promesa de algunos objetos–.

Burton fijó su aparato en el trípode, dirigió el foco eléctrico hacia el grupo 85, preparó sus placas fotográficas y tomó varios clichés a diferentes distancias y desde ángulos distintos.

Todos los objetos debían ser numerados, catalogados, dibujados y fotografiados antes de moverlos. Su posición exacta en la tumba quedaba así registrada: eso permitiría, más tarde, comprender cómo los habían colocado los sumos sacerdotes y cómo los habían desplazado los ladrones. En los museos hay muchos objetos desarraigados, de los que se ignora dónde han sido encontrados y en qué circunstancias.

Mientras Harry Burton acababa sus fotografías, Howard Carter encendió el hornillo de gas y colocó un bloque de parafina en una cacerola. Tras unos segundos, la cera se ablandó y se fundió.

–Arthur, ¿tiene usted el pulverizador?

–Hum... sí, aquí está.

El arqueólogo vertió la parafina hirviente en el aparato y regresó hasta la sandalia con perlas. Comenzaba la operación más delicada: a pesar del hambre –era casi mediodía– y la fatiga acumulada –el equipo trabajaba hasta deslomarse desde hacía casi un mes, en la tumba–, no había que temblar.

Con toda la delicadeza de la que era capaz, Carter pulverizó parafina fundida sobre la sandalia, por encima, en los lados, por detrás, cuidando de no olvidar ni un solo centímetro cuadrado, ni una sola cuenta. Dejó el pulverizador, aguardó unos segundos y, luego, golpeó con el dedo la suela. Las cuentas, atrapadas en una fina capa de cera endurecida, no se movieron. La operación rescate había tenido éxito.

La sandalia fue colocada en una caja, con todos los objetos del grupo 85; luego la caja se depositó en unas parihuelas donde le aguardaba otra caja con un taburete de ébano y el cofre pintado.

–Arthur, ¿tiene usted otras cosas que transportar, hoy?

–No –respondió Callender–, todo está aquí.

–¡Manos a la obra, pues!

El arqueólogo se arrodilló delante de las parihuelas; el ingeniero detrás.

—A la de tres, lo levantamos... Una... Dos... Tres.

—¡Abrid la jaula de las fieras!

* * *

En cuanto cruzaron la pesada reja que protegía ahora la entrada de la tumba, un clamor brotó del Valle de los Reyes, una mezcla de exclamaciones, gritos, aplausos, órdenes.

—¡Apresúrate, Mélanie, ya vienen!

La Mélanie en cuestión guardó rápidamente su jersey en la bolsa y corrió hacia el murete construido alrededor de la escalera. Un joven cerró su libro. Otro que roncaba, sacudido por su mujer, salió de su profundo sueño. Hacía mucho tiempo que esperaban y comenzaban a perder la esperanza. Llegados tres o cuatro horas antes, a lomos de un asno o en coche de caballos, habían esperado en silencio primero, se habían sentado luego a la sombra del murete y habían discutido, luego habían sacado los libros y la calceta, y algunos se habían dormido.

Pero su paciencia se veía recompensada.

—¡Apresúrate, te aseguro que te lo vas a perder todo!

Cada día, cuando salía de la tumba con el cargamento de la jornada, hacia las doce o las doce y media, a Howard Carter le sorprendía aquel clamor que le recibía. Una multitud de turistas le aguardaba, le rodeaba, observaba las parihuelas, se entusiasmaba ante los muebles decorados, se hacía preguntas sobre el contenido de las cajas.

El anuncio del descubrimiento de la tumba se había extendido como un reguero de pólvora y en pocos días había dado la vuelta al mundo: «Extraordinario descubrimiento arqueológico en Luxor», «Encontrada la tumba de Tutankamón», «El fabuloso tesoro del faraón» habían sido los titulares de los diarios. Desde entonces, centenares de turistas, atraídos por el tesoro y deseando olvidar la guerra, aún cercana, y sus millones de muertos, llegaban de Europa y de Estados Unidos para sumirse en una porción de sueño.

Eran ruidosos e invasores, pero a Howard Carter le gustaban: eran amables.

Más molestas eran las peticiones de visita de la tumba. El inglés recibía varias al día procedentes de amigos, primos, primos de amigos o amigos de primos, de lejanos parientes de lord Carnarvon, de ministros egipcios o extranjeros, de viceministros, de la secretaria de un viceministro, de colegas egiptólogos o de conservadores de museos... Rechazaba muchas, teniendo mucho cuidado en no herir susceptibilidades, pero tenía que aceptar algunas. Cada vez era una pérdida de tiempo y un peligro: el paso en falso de un visitante y un objeto podía quedar definitivamente destruido.

—¡Señor Carter... Señor Carter!

Mientras subía por el valle rodeado de turistas, el arqueólogo adivinó, sin ni siquiera volverse, quién le llamaba. «¡Oh, no, ellos no!», se dijo.

—¡Por favor! ¡Unos minutos para el *Petit Illustré*!

—Y para el *New Yorker*...

Carter ni les miró: siguió caminando sin apartar la vista del sendero que se elevaba hacia la tumba de Seti II. Cuarenta metros aún hasta la barrera. A prisa, a prisa, pero no demasiado, dada la carga. «Son verdaderos mosquitos —pensó. Nunca sueltan la presa antes de haber obtenido lo que querían. Pero no tendrán nada...»

—¡Señor Carter, una entrevista, por favor! ¡Y una fotografía ante la tumba! ¡Espere un momento!...

Los primeros periodistas habían llegado a Luxor justo tras el anuncio del descubrimiento. Puesto que eran muy pegajosos, lord Carnarvon había querido librarse de ellos y, de regreso a Highclere, había vendido la exclusiva de las entrevistas al diario inglés *The Times*. Por esta razón, Carter no tenía ya derecho a hablar con los demás reporteros. Eso habría tenido que hacerle ganar tiempo, pero había ocurrido lo contrario: ante su silencio, los periodistas se habían mostrado más ladradores que nunca.

—Se dice que ha agujereado ya la puerta de la cámara funeraria. ¿Es cierto?... Y al parecer lord Carnarvon se ha llevado a Inglaterra varios objetos de la tumba... ¡Nuestros lectores quieren saber, señor Carter!

Diez metros aún.

Sudando bajo el sol e hirviendo interiormente a causa de los periodistas, Carter llegó a la barrera. Unos guardias egipcios la abrieron, le dejaron pasar, también al ingeniero, y contuvieron a la multitud.

Por fin solos.

–Caramba, las fieras no se andaban por las ramas hoy –se divirtió Arthur Callender.

La observación no hizo sonreír a Carter.

* * *

La tumba de Seti II, rodeada de inmensos farallones a cuyo pie nunca llegaban los rayos del sol, permanecía fresca todo el año. Era un placer penetrar en ella.

Cuando los ojos se acostumbraron a la penumbra, ambos hombres recorrieron el interminable corredor que descendía más de ochenta metros bajo la montaña. Desembocaron en una estancia subterránea de ocho por ocho metros, bien iluminada y llena de cajas, de herramientas, de productos químicos... Puesto que aquella tumba estaba aislada a un extremo del valle, el gobierno egipcio había autorizado al equipo a instalar allí su laboratorio.

–La cosecha de la jornada –anunció Carter, fatigado.

Alfred Lucas y Arthur Mace levantaron la cabeza. El primero, de 55 años, era un Mozart de la química. Conocía todos los materiales utilizados por los artesanos egipcios y todos los productos químicos modernos que podían –o no– emplearse. «Sobre todo no lave esta madera con este producto, ¡infeliz!, ¡se marcharía toda la pintura!»

153

–Pongan aquí las parihuelas –soltó el segundo.

Arthur Mace, de 48 años, era tan preciso como valioso. Preciso porque, con sus dedos de hada, era capaz de desplegar un viejo rollo de papiro sin hacerlo mil pedazos; restauraba los objetos para darles una segunda juventud. También era valioso porque, con su agudeza de ingenio y su amabilidad, allanaba los problemas que no dejaban de aparecer en el equipo. Sabía domar al oso Carter, poco apto por naturaleza para la vida de grupo, y que lo era cada vez menos a medida que su fatiga aumentaba.

–Vuelvo a la tumba –anunció Callender–. ¿Viene usted, Howard?

–No, me quedo aquí, me gustaría ver qué contiene el cofre pintado. Prometí a la hija de Carnarvon escribirle. ¿Puede pedirle a Burton que venga a sacar unas fotografías?

–¡Lo haré!

Mace se puso unos guantes de algodón, se acuclilló ante el cofre y lo examinó: estaba bien conservado. Magníficas pinturas. Goznes en perfecto estado. Colocó sus manos a uno y otro lado de la bombeada tapa y la levantó conteniendo el aliento: nunca se sabía de antemano el contenido de un cofre.

A la derecha, encima, había un par de sandalias de papiro y junco, en perfecto estado. Debajo, un reposa-cabezas dorado, una especie de almohada de madera en la que los egipcios apoyaban la nuca. Más abajo, se adivinaba una confusa masa de vestidos, oro y cuero. A la izquierda, encima, una túnica real doblada y cubierta de cuentas de loza y de oro.

—¡Ah, problemas! —exclamó Mace—. Una túnica decorada... Si la toco, el tejido y las perlas se desmenuzarán. Puedo solidificarla con un producto químico y sacarla en un solo bloque, pero entonces la decoración se habrá perdido en la masa. Hay otras soluciones, cortar el tejido a pequeños retazos para salvar las decoraciones. Pero la túnica se fastidiará. ¿Qué quiere usted que salve?

Howard Carter no respondió. Observaba, ausente, el interior del cofre. Había imaginado durante tantos años la vida de Tutankamón, su infancia, su oficio de rey, su muerte... Pero el faraón seguía siendo aún, sólo, un incierto fantasma sin ningún grosor: nadie sabía qué aspecto tenía, ni cómo vestía, ni lo que comía. Algunos dudaban incluso de su existencia.

Desde el descubrimiento de la tumba, cada objeto hallado le devolvía algo de cuerpo. Había llevado realmente aquella túnica de lino decorada. Aquel mechón acompañado por la inscripción: «Rizo de cabellos del Rey cuando era niño», era suyo. Aquella pequeña sandalia con el sello real indicaba que era todavía niño, no tenía más de diez años, cuando se había convertido en faraón. Y aquel rostro que aparecía en el cofre, el trono de oro y las estatuas, era el suyo.

Carter conocía, por lo demás, aquel rostro juvenil: lo había visto ya varias veces fuera de la tumba, en el templo de Luxor por ejemplo. Un bajorrelieve representaba allí a un faraón cuyos rasgos eran los de Tutankamón. Y en efecto era él, aunque el nombre de Horemheb apareciera a un lado. El general, visiblemente, había usurpado el fresco haciendo cambiar el nombre.

Pero el sortilegio que Horemheb le había arrojado, había terminado ya: 3200 años después de que hiciera desaparecer a Tutankamón del mundo de los vivos, éste volvía a existir gracias a sus cabellos, sus sandalias, su túnica...

–Perdone, patrón, ¿pero qué hago con la túnica?

El arqueólogo salió de su ensoñación:

–¿La túnica?

–Sí, ¿qué prefiere que conserve, el tejido o las decoraciones?

Cruel decisión: era preciso sacrificar lo uno para salvar lo otro. ¿Pero qué? Una bola de tejido doblado no sería muy instructiva. En cambio, salvando la decoración, podría colocarse sobre una túnica moderna equivalente y hacerse una buena idea del conjunto.

–Salve la decoración –ordenó.

«... y destruya la túnica», prosiguió para sí. Era terrible, casi criminal: pedir la destrucción de una vestidura que había sobrevivido a Horemheb, a los saqueadores y a tres milenios de historia...

Si realmente, como el egiptólogo creía, Tutankamón volvía a existir gracias a los objetos encontrados en la tumba, ¿qué sería de él una vez destruida la túnica? ¿Existiría algo menos?

Advirtió de pronto que, desde hacía un mes, estaba vaciando metódicamente la sepultura de Tutankamón de sus tesoros y despojando al faraón de sus bienes.

¿No se habría convertido en un saqueador de tumbas, él que no dejaba de maldecirlos?

Capítulo seis

La sala de la momia
Carter con los nervios de punta
y Carnarvon sin fuerzas
¿Una «maldición»?

Llegó por fin el día en el que iba a derribarse la puerta clausurada y descubrir lo que ocultaba.

Pero nada ocurrió como Carter había esperado: no fue la ceremonia solemne y respetuosa que había imaginado. Por el contrario, los acontecimientos se aceleraron, brutales y trágicos, hasta el punto de que los periódicos iban a hablar muy pronto de la «maldición de Tutankamón» y de la «venganza de la momia contra quienes la habían turbado».

Un número de circo: eso fue la apertura de la puerta.

Desde hacía unos quince días, la tensión era fuerte en el Valle de los Reyes, con toda exactitud desde el regreso a Luxor de lord Carnarvon y de su hija. Los periodistas sabían que los aristócratas habían regresado para la apertura. Y puesto que querían, a toda costa, asistir al acontecimiento, aunque fuera desde el exterior, aun sin ver nada, se habían plantado ante la tumba. Su miedo de perderse algo era tal que, cuando se ausentaban por una necesidad natural, pagaban a un egipcio para que hiciera guardia y les avisaran, por si acaso.

Una verdadera jauría.

El viernes 16 de febrero de 1923, a las 12.30, Howard Carter, Arthur Callender y Henry Burton salieron de la tumba con las manos vacías, atravesaron como si tal cosa la multitud y se dirigieron a la tumba de Seti II, para almorzar allí. Los turistas dejaron escapar algunos suspiros de decepción –de momento no ocurriría nada– y volvieron a bajar hacia sus hoteles. Sólo los periodistas se quedaron allí, rojos como cangrejos por las horas de espera al sol.

Poco antes de las dos, divisaron una pequeña procesión que subía por el valle, a la que se unió el equipo de Carter. Callender abrió la verja de la tumba de Tutankamón y algunos obreros egipcios bajaron con sillas plegables.

–¡Vamos a dar un concierto! –soltó a los periodistas un travieso lord Carnarvon– Carter va a cantar una melodía...

El arqueólogo frunció el ceño: «Cantar una melodía, masculló, ahora soy un simple corista...» Luego intentó olvidar la observación. De todos modos, agotado como estaba por los meses de encarnizado trabajo, por el miedo a estropear un objeto, por el calor y la multitud, había perdido todo sentido del humor. Vamos ya.

Los invitados se instalaron en la antecámara, vacía ahora. Sólo gente bien elegida a dedo: un ministro egipcio, un gobernador local, el director general de Antigüedades, eminentes egiptólogos, conservadores de museo, profesores de universidad, así como el reportero del *Times* Arthur Merton, el ingeniero Callender, el fotógrafo Burton, el químico Lucas, el restaurador Mace y, naturalmente, lord Carnarvon y la hermosa Evelyn. En total, unas veinte personas.

Potentes focos iluminaban la puerta sellada.

De pie en una plataforma de madera, Carter golpeó el muro con el puño para localizar la altura de la puerta. Con mano temblorosa, arrancó el yeso, sacó las primeras piedras que formaban la puerta, hizo un pequeño agujero pero se contuvo y no echó una ojeada. Lo amplió y amplió, hasta poder introducir una linterna. Sólo entonces miró al otro lado y descubrió... a menos de un metro de la puerta...

¡Un muro de oro macizo!

Un muro de oro que se extendía hasta donde alcanzaba la mirada.

El tesoro buscado durante tanto tiempo estaba allí, al otro lado, ¡intacto!

Algunos susurros.

Carter se dio la vuelta.

Casi los había olvidado, pero los veinte espectadores seguían sentados a su espalda, mirándole. De pie en su estrado, bajo la luz de los focos, se ofrecía el espectáculo. Realmente no era la digna ceremonia que había imaginado.

Callender y Mace se reunieron con él y los tres desencajaron la puerta con infinitas precauciones, piedra a piedra. Si una de ellas caía al otro lado, dañaría irremediablemente el muro de oro.

Tras dos horas de lento y minucioso trabajo –a su espalda, los espectadores bostezaban, tosían, comentaban– el agujero fue bastante grande como para que Carter entrase. Inmediato silencio en la sala.

Se deslizó por una especie de pasillo, flanqueado a un lado por un muro de piedra decorada, al otro por el muro de oro. De hecho, se trataba de una inmensa capilla de madera dorada, de dos metros setenta de alto, tres metros de ancho y cinco de largo, cubierta de jeroglíficos y dibujos, que llenaba casi por completo la sala. Sólo un estrecho paso permitía darle la vuelta.

«En el interior, pensó el arqueólogo, debe de estar el sarcófago de piedra de Tutankamón... Tutankamón, amigo mío, te he buscado durante mucho tiempo, ¡y aquí estás!»

Conmovido, penetró en el corredor y descubrió, a su derecha, en el haz de la linterna, una puerta baja no tapiada. Daba a una última estancia, bastante pequeña.

En el suelo, una estatua del perro Anubis envuelta en una tela coronaba un cofre dorado. Justo detrás, una elegante estatua dorada de la vaca Hathor. A los lados, una serie de cofres y maquetas de embarcaciones. Pero el mueble más imponente era un cofre monumental cubierto de oro y coronado por un friso de cobra sagrada. Cada una de sus caras era custodiada por la estatua de una diosa, con los brazos tendidos en señal de protección. Aquel cofre tenía que contener algo muy valioso, sin duda los vasos canopes que albergaban el corazón y los órganos del rey.

«Cierto desorden, pero no demasiado, observó el arqueólogo. Los saqueadores llegaron hasta la sala del tesoro, pero sin causar demasiados daños. Mejor así.»

Aliviado, abandonó la obscura dulzura del corredor y volvió a la antecámara, deslumbrado por el foco. Los espectadores le miraban, aguardando algo: descripciones, exclamaciones, superlativos. Pero no tenía ganas de hablar, de compartir sus impresiones, había pasado tanto tiempo buscando a Tutankamón ante la general indiferencia que, ahora, cuando lo había encontrado, quería guardárselo un poco sólo para sí.

De todos modos, pues formaba parte de su trabajo, tuvo que regresar a la cámara funeraria para que la visitaran, primero lord Carnarvon y el inspector de Antigüedades, luego los demás invitados, de dos en dos.

Durante los siguientes días, las visitas mundanas prosiguieron. Acudieron la reina de Bélgica, una condesa recomendada por la *snob* Minnie Burton, y los Breasted, los Macy, los Thompson, todos antiguos amigos del lord... A veces, aquello rozaba lo grotesco: el imponente general John Maxwell, imponente sobre todo por el tamaño de su vientre, quedó atascado en el estrecho pasillo. Fueron necesarios cuatro hombres para desbloquearle.

–¡Este ridículo circo debe terminar! –declaró el arqueólogo a su patrón, aquella misma noche.

–¿Qué circo?

–Estas visitas inútiles... Es un peligro para la tumba y debo volver al trabajo.

–¡Tendrá mucho tiempo para trabajar, más tarde! ¡Goce un poco de la vida!

El arqueólogo miró al aristócrata, atónito. «¡Gozar de la vida, repitió para sí, cuando la estación cálida llega a grandes zancadas y queda tanto por hacer! ¡Y todo porque Su Señoría considera la tumba como su residencia secundaria y quiere que sus amigos la visiten...! ¡Ojalá regrese a Inglaterra!»

–¿Y qué hacemos con los periodistas? –preguntó.

–Hacemos lo que decidí: facilitará usted al reportero del *Times* todas las informaciones que necesite. Y con los demás, ¡mutis!

–¡Pero eso no funciona! Bien lo ve usted, ¡es invivible! Es el mejor modo de echarnos encima a los periodistas. Va a ser una catástrofe...

–En primer lugar, Howard, me gustaría que conservara usted la calma. Sé que está agotado y tiene los nervios de punta; ¡pero un poco de compostura, diablos! En segundo lugar, he gastado mucho dinero durante nueve años en estas excavaciones. Tengo ahora la posibilidad de ganar un poco gracias al contrato con *The Times*. No voy a privarme de ello.

Carter tragó saliva, exasperado. «Entretanto, yo me las veo, día tras día, con los periodistas... ¡Los nervios de punta! ¡Los nervios de punta!... Estúpido.»

–Tiene usted razón –se limitó a decir, apretando los dientes–. Acepte mis excusas...

Al día siguiente, la «feria» prosiguió: la reina de Bélgica regresó para ver la cámara funeraria; el conde jugó al guía turístico con sus amigos; pasmarotes y periodistas se apelotonaron, cada vez más numerosos, ante la tumba.

Por la noche, cuando regresaba a su casa, donde le aguardaba ya lord Carnarvon, para cenar, el arqueólogo fue abordado por un reportero.

–¡Señor Carter, señor Carter!... ¿Podría confirmarme usted estas informaciones que ha dado un colega?

Carter tomó el periódico que le tendían, le echó una ojeada y luego, como si le hubiera picado un escorpión, bajó por el valle con el periódico en la mano.

Chorreando sudor y rabia, desembocó ante su casa, tomó una gran bocanada de aire para calmarse y, luego, entró.

–¡He aquí el resultado! –soltó arrojando el periódico sobre la mesa.

Lord Carnarvon dejó su vaso y leyó: «Tutankamón: operación secreta para vaciar la tumba. Según nuestras fuentes, varios aviones habrían despegado de Inglaterra hacia África. Fletados por lord Carnarvon, tendrían que aterrizar en Egipto, en el desierto líbico. Se cargará en ellos el tesoro de Tutankamón y, luego, los aeroplanos volverán a Inglaterra. El objetivo de la operación es dejar fuera de juego a las autoridades egipcias, que no desean compartir el tesoro y quieren que se mantenga al completo en suelo egipcio...»

–Es ridículo...

–Sí, ridículo, pero es la consecuencia de sus decisiones. Si hubiéramos hablado con los periodistas no habrían tenido necesidad de inventar esas idioteces...

El rostro del aristócrata se enfurruñó de pronto:

–Escúcheme Carter, dejemos claras las cosas de una vez por todas. La tumba de Tutankamón no le pertenece. Yo financié las excavaciones y, según el contrato que nos une, soy su descubridor oficial. Usted es mi empleado, de modo que gestionaré los acontecimientos como me parezca y, en adelante, le agradeceré que se mantenga en su lugar...

Carter sentía que su pecho se hinchaba. Estaba a punto de estallar. La situación había quedado clara: él no era más que el lacayo de Su Alteza. En silencio, dio media vuelta y se dirigió hacia la puerta. Mejor sería salir, tomar el aire, caminar, correr tal vez, en todo caso hacer que la presión cesara. Pues, si estallaba, nadie saldría indemne...

–Una última cosa, Howard...

Se detuvo y aguardó la continuación.

–... mi hija Evelyn; desde hace dos meses, le ha escrito usted varias cartas. Voy a pedirle que deje de hacerlo. Tiene usted 48 años y ella sólo 21...

Carter se volvió. Aquello era demasiado. El viejo conde se pasaba de la raya: ciertamente, Evelyn era bonita, muy bonita incluso, inteligente, divertida. Ciertamente se habían escrito unas amables cartas, pero de ahí a suponer que... que...

Señaló con el dedo la puerta y, fuera de sí, estalló:

–Salga... ¡Salga de mi casa y no vuelva a poner los pies en ella!

* * *

Carter se balanceaba desde hacía una infinidad en una mecedora, ante su casa. Con la primavera que se acercaba, las noches se hacían cada vez más cálidas. Grandes insectos voladores revoloteaban alrededor de la bombilla eléctrica, se alejaban y regresaban luego.

En la mesa, ante él, un montón de periódicos, una carta, un vaso, una botella de whisky mediada ya.

Se sentía agotado, impotente, como si el tiempo y los acontecimientos se escurrieran entre sus dedos, sin poder retenerlos ni dominarlos.

Desde la disputa con lord Carnarvon, el 18 o 19 de febrero –no lo sabía ya exactamente–, todo había ido muy deprisa. Dos meses horribles...

Lanzó una ojeada a los titulares de los periódicos. Los reporteros se habían lanzado: «La venganza de Tutankamón», «Misteriosa muerte en el Nilo», «Lord Carnarvon víctima de la momia»...

Aun con el cerebro embotado por el alcohol, Carter seguía siendo un hombre racional. No creía en las maldiciones, ni en los sortilegios, ni en la superstición, y nunca creería en todo eso. Todo podía explicarse racionalmente. Como para convencerse de ello, repasó los acontecimientos de los últimos dos meses.

Primero..., ¿primero qué?... Primero, la disputa. No valía la pena seguir dándole vueltas. Luego, las vacaciones. La situación se había hecho tan explosiva en el valle que Carnarvon y él se habían puesto de acuerdo para hacer una pausa y alejar a la multitud. El 26 de febrero, la entrada de la tumba había sido cerrada de nuevo. El conde, su hija y Arthur Mace habían ido de vacaciones al Sur, a Asuán. Carter se había quedado en su casa. Una semana de bien merecido descanso.

El arqueólogo se inclinó y, mientras su mecedora se inclinaba hacia delante, tomó una carta de la mesa. La había recibido del aristócrata durante su semana de descanso: «Me he sentido muy triste hoy y, como no había ya qué hacer o pensar, he ido a ver a Evelyn que me lo ha contado todo. Dije cosas muy tontas y me siento absolutamente desolado. Me gustaría decirle esto, y espero que lo recuerde usted siempre: sean cuales sean sus sentimientos para conmigo, hoy y en el futuro, mi afecto por usted no cambiará nunca.»

El arqueólogo dejó la carta, bebió un trago de whisky y se balanceó hacia atrás. Se sentía vacío.

De momento, no había contestado la carta del conde: no había conseguido perdonarle –maldito rencor–. Hoy, era demasiado tarde.

¿La continuación?... El 7 de marzo, el trabajo se había reanudado. La tensión en el valle había cedido un poco pero las relaciones con Carnarvon no habían mejorado en absoluto. El conde se había alojado en un hotel de Luxor –no muy agradable, demasiados mosquitos, se había quejado–, luego, el 14 de marzo, había tomado un tren nocturno hacia El Cairo, con Evelyn. Estaba prevista una cita con el inspector general de Antigüedades para discutir el espinoso problema del reparto del tesoro.

En la mesa, en alguna parte, bajo el montón de periódicos, estaba el telegrama de Evelyn. Enviado el 19 de marzo a El Cairo, decía aproximadamente esto: «Padre gravemente enfermo. Venga pronto.»

Olvidados los enfados, Carter había acudido, la mañana siguiente, a la capital egipcia. El aristócrata, en efecto, estaba muy mal. Una picadura de mosquito en la mejilla, anodina a priori, le había envenenado. Y puesto que la salud del anciano era ya titubeante, el mal se había convertido en infección sanguínea, en neumonía luego. El médico personal del conde había sido traído de Inglaterra. En vano: el 5 de abril de 1923, George Edward Stanhope Molyneux Herbert, lord Porchester, quinto conde de Carnarvon, había fallecido en El Cairo. Esos eran los hechos. Nada sobrenatural había en ello. Todo se explicaba. El arqueólogo se balanceó hacia delante y tomó el montón de periódicos.

Varios reporteros, sin embargo, habían encontrado la manera de transformar en maldición aquellos trágicos acontecimientos. «Detrás de la puerta de la cámara funeraria, escribía uno de ellos, los sumos sacerdotes dejaron un papiro amenazando de muerte a quien violara la tumba. Lord Carnarvon acaba de pagar ese precio.»

–¡Tonterías! –exclamó Carter, con el vaso en la mano– Fui yo el que entré primero en la tumba y no había nada.

«Signo de mal augurio, se escribía en otro artículo, el canario de Carter había muerto. Una cobra entró en la jaula y lo mató. ¿Es necesario recordar que esa serpiente era el símbolo de los faraones?»

–¡Bobadas! Mi canario está muy bien... No está en casa porque lo confié a Minnie Burton, para que se ocupe de él en mi ausencia.

«Una vidente inglesa se ha puesto en contacto con nosotros, relataba un tercer periódico. Poco antes de la apertura de la cámara funeraria, avisó a lord Carnarvon para que no penetrara en ella y evitara así la venganza del faraón. Al parecer, le respondió que iba a pensarlo. Ya conocemos el resto...»

–¡Absurdo! La vidente puede decir lo que quiera, de todos modos no puede verificarse puesto que el conde ha muerto... El problema con las videntes es que suelen predecir las cosas después de que se hayan producido. Y, cuando lo hacen antes, se equivocan una vez de cada dos...

«Para luchar contra los saqueadores, se aventuraba un último periodista, en la tumba había trampas. Los sacerdotes egipcios colocaron en ella hongos microscópicos y venenosos que han sobrevivido 3200 años. Al respirar el aire de la tumba, los arqueólogos se han envenenado...»

–Mala noticia, Howard, también tú respiraste el aire de la tumba. Tu suerte está echada...

Se encogió de hombros, tomó la botella y se sirvió otro vaso.

No, decididamente no creía en esta «maldición».

Todo se explicaba racionalmente en este triste asunto. Todo salvo, tal vez, dos hechos extraños. Había sido testigo directo del primero; precisamente en el momento en que el conde moría, las luces de El Cairo se habían apagado. Una avería general de electricidad. Segunda cosa inexplicable, contada por una persona digna de confianza, el hijo de Carnarvon: mientras su padre agonizaba en Egipto, a cinco mil kilómetros de allí, en el castillo de Highclere, el perro del lord aulló interminablemente y sin razón aparente, luego cayó muerto a su vez.

¿Simples coincidencias? Howard Carter se echó hacia atrás y contempló las estrellas.

Lord Carnarvon, un saqueador de tumbas.
Lord Carnarvon, muerto por Tutankamón.
Howard Carter, otro saqueador de tumbas.
Howard Carter, ¿el próximo en la lista?
Sobre su cabeza, las estrellas se movían sin cesar en el cielo. La cabeza le daba vueltas. Era hora de acostarse.

Epílogo

Epílogo.

El encuentro de una vida

Habían pasado tres años desde el descubrimiento de la tumba de Tutankamón.

Tres años de encarnizado trabajo, catalogando, clasificando, restaurando el tesoro. Tras la efervescencia de los primeros meses e, incluso, de los primeros años, la presión había cedido poco a poco. Los periodistas habían hecho su equipaje y el Valle de los Reyes había recuperado su calma.

El sábado 10 de octubre de 1925, a las seis y media de la mañana, los obreros apartaron los cascotes amontonados al final de la precedente temporada ante la escalera, para proteger su acceso. Una vez abierta la puerta, Howard Carter recorrió el pasillo e inspeccionó el lugar. Nada había cambiado; aquel sentimiento de respeto y turbación mezclados, aún, aquella impresión de que fuerzas invisibles habitaban la tumba.

Entró en la cámara funeraria y encendió grandes focos eléctricos. Los frescos coloreados, los únicos de toda la tumba, aparecieron en las paredes. El muro este mostraba la procesión que había acompañado a Tutankamón hasta su última morada. En el muro norte, el divino padre Ay, vistiendo una piel de felino, practicaba la ceremonia de apertura de la boca en el faraón. En el muro oeste, algunas escenas mostrando lo que ocurre en el más allá. En el muro sur, el encuentro entre Tutankamón y la diosa Hathor. En medio de la estancia estaba el sarcófago de piedra. Durante la segunda temporada, la capilla dorada había sido cuidadosamente desmontada. De hecho, no había sólo una, sino cuatro, encajadas unas en otras como las muñecas rusas. En el interior de la más pequeña se encontraba una cubeta de piedra tallada en un bloque de cuarcita roja. En las cuatro esquinas, unas diosas esculpidas desplegaban sus brazos alados.

Carter se inclinó sobre el sarcófago, cuya tapa de piedra había sido quitada dos años antes. En su interior, un amplio ataúd de madera dorada, toscamente labrado, representaba a Tutankamón tendido, con una peluca ritual en la cabeza, los brazos unidos sobre el pecho, el látigo real en la mano derecha y el cetro de Osiris en la izquierda. Su cuerpo estaba cubierto de representaciones de plumas, como si la diosa Isis lo envolviera con sus alas protectoras.

–Ya estoy de nuevo aquí –murmuró el arqueólogo, con voz vacilante.

Ante él reposaba aquel a quien durante tanto tiempo había buscado. Casi podía sentir su presencia. E iban a encontrarse muy pronto. Los siguientes días, con la ayuda del químico Alfred Lucas y del fotógrafo Henry Burton inspeccionó minuciosamente la tapa del ataúd, los clavos de plata con cabeza de oro que la sujetaban a la parte inferior –aparentemente no muy difíciles de arrancar– y las cuatro empuñaduras de plata que ofrecerían una buena presa. Hizo que instalaran sobre el sarcófago un aparejo compuesto por dos bloques de tres poleas fijadas a un armazón vertical. Se sujetaron unos cables a las empuñaduras de plata.

–Lentamente, muy lentamente...

De modo imperceptible, casi sin esfuerzo, la tapa se levantó, se elevó por los aires, desvelando no una momia sino un segundo ataúd, más pequeño, cubierto por una fina tela de lino ennegrecida y una guirnalda de hojas de olivo y flores secas.

Carter las examinó atentamente sin tocarlas. Presentía bajo el sudario algo muy hermoso, pero tenía que esperar un poco aún antes de descubrirlo. Se demoró en las flores de aciano.

–Una nueva pieza del rompecabezas...

Desde hacía tres años, había aprendido a conocer al joven rey gracias a sus vestiduras, sus muebles, su alimento. Pero ningún papiro, ningún texto biográfico había sido descubierto en la tumba: seguían ignorando de qué había muerto Tutankamón y quiénes eran sus padres –y aquello seguiría siendo, tal vez, siempre un misterio–. Las escasas informaciones habían sido indirectas. Así, una fecha, «año nueve del reinado de Tutankamón», aparecía en varias jarras de vino. El faraón había reinado pues, por lo menos, nueve años. Y como no había sido encontrada fecha ulterior alguna, podía suponerse que su reinado –y su vida– se habían detenido aquel año. Otro indicio: el nombre «Tutankatón» aparecía en el trono dorado, dando a entender que había sido coronado con este nombre y que lo había cambiado luego.

–Flores de aciano –analizó Carter–. En Egipto, florecen en marzo-abril. De modo que fuiste enterrado en ese período. Y puesto que el luto duraba 70 días, moriste en enero. ¿Tengo razón?

La guirnalda y el sudario fueron fotografiados por Burton y, luego, apartados. Debajo –¡brillante!– apareció el más hermoso de los ataúdes. También representaba a Tutankamón pero, al revés que el primero, era de extremada delicadeza: el rostro del rey era fino y preciso, cubierto por una espesa capa de oro, tenía incrustaciones de pasta de vidrio opaco, rojas, turquesa y azul marino. Una fabulosa obra maestra de orfebrería.

La superficie parecía, sin embargo, bastante frágil y sería necesario no manipularla en exceso. Con el polipasto y una infinita precaución, Carter y su equipo lo sacaron del primer ataúd, cubrieron la cubeta con gruesas tablas de madera y lo depositaron encima. Había que abrirlo. Puesto que no había empuñadura alguna, pusieron cuatro fuertes colgaderos en la tapa, donde hicieron menos estragos.

Se conectaron allí los cables y se accionó el polipasto. Los cabos se tensaron, vibraron como cuerdas de violín, sin resultado alguno. La tensión de los cables, contagiosa, dominó a los egiptólogos: el ataúd podía romperse en cualquier momento.

–¿No quieres?...

Luego, imperceptiblemente, la tapa se despegó. Una gota de sudor apareció en la mejilla de Carter, nerviosismo y exaltación a medias. Nadie, desde el entierro del faraón, nadie, ni siquiera los saqueadores, había visto lo que estaba viendo. Vivía un instante único, conmovedor, histórico y muy íntimo al mismo tiempo.

Apareció entonces un tercer ataúd, parcialmente velado por un sudario rojo. Aquel ataúd era, si es posible, más refinado aún que el segundo, estaba más ricamente decorado, tan hermoso que parecía casi irreal. Carter no pudo evitar acariciarlo con la yema de los dedos, tocarlo, golpearlo con la uña.

Un retiñir metálico.

–Oro macizo –murmuró a sus compañeros–. No madera cubierta de oro: oro macizo. Cien kilos, a ojos vista.

Sintió que su corazón se hinchaba de irradiante alegría, aunque no la que podría creerse: no la alegría del saqueador que se hace de pronto rico. El egiptólogo sabía que no se quedaría nada del tesoro, ni la menor estatuilla, ni el menor recuerdo. Tras la muerte de lord Carnarvon, las autoridades egipcias, la familia del conde y él mismo se habían puesto de acuerdo para que todos los objetos permanecieran en Egipto, reunidos en un lugar único, el museo de El Cairo, donde todos podrían admirarlos. Era mejor así.

La alegría de Carter no era la de un saqueador, sino la de un hombre que estaba realizando el sueño de su vida.

Con aplicación y lentitud –para que aquel momento durara lo más posible–, sujetó los cables a las empuñaduras del tercer ataúd, accionó el polipasto y despacio, muy despacio, levantó la tapa descubriendo una masa obscura.

Allí estaba Tutankamón, tendido y silencioso, envuelto en vendas de lino.

–Aquí estás, por fin –soltó Carter en un susurro, olvidando la presencia de Burton y de Lucas.

El cuerpo momificado estaba cubierto de ungüentos negros, derramados por los sacerdotes durante los funerales. Brotaba de él un olor agradable y perfumado como el de la resina caliente. Unas manos de oro estaban cosidas sobre el pecho y una máscara funeraria cubría la cabeza y los hombros.

Aquella máscara de oro era de fascinante belleza. Los ojos del faraón, de obsidiana negra realzada por un ribete de pasta de vidrio azul, dominaban su rostro. En la frente, lucía el buitre y la cobra reales y, bajo el mentón, la barba ritual de los dioses. Llevaba una toca con incrustaciones de pasta de vidrio azul y un amplio collar.

Carter miró fijamente, como hipnotizado, los negros ojos del faraón. Los pequeños triángulos rosados en los rabillos, los pliegues en la comisura de los labios, las orejas perforadas, cada uno de aquellos detalles hacía muy expresiva, casi viva, aquella máscara. Tutankamón tenía el rostro triste de un joven sorprendido por la muerte demasiado pronto.

–Desde la ciudad de Atón hasta el Valle de los Reyes, nuestros caminos se han cruzado a menudo. Hace tanto tiempo que sigo tus pasos que soy feliz al encontrarte por fin, Tutankamón.

Carter alargó febrilmente la mano para tocar la momia, como se tiende la mano a un amigo. Pero, a pocos centímetros de las vendas, se detuvo en seco.

Unas palabras seguían resonando en su cabeza.

«Maldición de la momia.»

Había pensado mucho en toda aquella historia, en la venganza del faraón, en los hongos de la tumba, en la muerte. Y su conclusión había sido que, si había existido maldición, la víctima no había sido lord Carnarvon sino el propio Tutankamón. Cuando el general Horemheb había borrado su nombre de los monumentos, hace 3200 años, el joven faraón había perdido su identidad. Y sin ella se le había hecho imposible proseguir su viaje por el mundo de los muertos.

Para un egipcio, esa era la verdadera maldición.

«Que mi nombre me sea devuelto en el gran Templo del Más Allá», estaba escrito en el Libro de los Muertos.

Gracias a su descubrimiento, lord Carnarvon y Howard Carter habían devuelto a Tutankamón su nombre, tan célebre ahora como el de Keops, el constructor de la gran pirámide, y el de Ramsés II, el inmenso conquistador.

La maldición de Horemheb había finalizado ahora: fortalecido por su recuperada identidad, Tutankamón había podido reanudar su viaje mágico por el otro mundo, en busca de inmortalidad.

Inmóvil junto al ataúd abierto, Carter observó largo rato la magnífica máscara, el cuerpo vendado, las manos de oro sobre el pecho y su propia mano a pocos centímetros de la momia.

Tras una última vacilación, la alargó y, en el momento de tocar al faraón, sintió un extraño calor que le atravesaba los dedos, como un soplo de vida.

Tutankamón se había hecho inmortal.

Índice

Introducción 9
Dónde todo hubiera podido terminar
antes incluso de haber empezado

Primera parte

Capítulo uno 17
La feliz infancia de Tutankatón
El castigo
Una noticia que trastorna una vida

Capítulo dos 33
Carter recuerda sus comienzos
La arqueología como un rompecabezas
¿Un faraón olvidado?

Capítulo tres 43
«Cómo me convertí en faraón»
De los dioses y del oro
Dieciocho años y la eternidad por delante

Capítulo cuatro 55
    Cómo Carter se convirtió en inspector
    ¡Han desvalijado una tumba!
    Tras la pista de los ladrones

Capítulo cinco 69
    ¡Horus ha alcanzado el Globo!
    La momificación
    La morada de eternidad

Capítulo seis 79
    En busca de Tutankamón
    La inhallable tumba
    Lord Carnarvon se impacienta

Capítulo siete 93
    La venganza de Horemheb
    Muerto por segunda vez
    Lo que ocurrió con la tumba

Segunda parte

Capítulo uno 101
    Regreso al momento en que todo habría podido cesar
    Carter muestra su juego demasiado pronto
    El gran «farol»

Capítulo dos 109
    Última temporada de excavaciones
    «¡Hemos encontrado algo!»
    ¿Pero adónde llevan estos peldaños?

Capítulo tres 121
   El sello de Tutankamón
   Se excava
   Carter comprende la terrible realidad

Capítulo cuatro 133
   La entrada en la tumba
   Un trono, cofres y...
   ... una misteriosa puerta

Capítulo cinco 145
   Operación «sandalia»
   Se han soltado las fieras
   Se salvan los muebles

Capítulo seis 159
   La sala de la momia
   Carter con los nervios de punta y Carnarvon sin fuerzas
   ¿Una «maldición»?

Epílogo 175
   El encuentro de una vida

¿Howard Carter, cuando era inspector de Antigüedades, persiguió realmente a los saqueadores de tumbas? ¿Y lord Carnarvon, pensó en abandonar las excavaciones? ¿Qué es cierto en *Bajo la arena de Egipto, el misterio de Tutankamón*?

Tras el descubrimiento de la tumba de Tutankamón, Howard Carter contó en un libro las principales etapas de su hallazgo: los indicios que le hacían pensar que se hallaba en el valle, los vanos años de búsqueda, la apertura de la sepultura, el trabajo de restauración, la presión de los periodistas... A continuación, numerosos historiadores y egiptólogos, entre ellos Christiane Desroches-Noblecourt, se han interesado por Tutankamón, por su vida y los objetos encontrados en la sepultura.

Todos estos documentos han servido para escribir *Bajo la arena de Egipto...*

Naturalmente, algunos elementos de la historia, de los que no queda rastro alguno, han sido imaginados: los diálogos, los pensamientos íntimos de los protagonistas, el momento en que Carter habló por primera vez de Tutankamón a Carnarvon... Por lo demás, varios pasajes se han escrito en función de los actuales conocimientos de la egiptología. Pero estos conocimientos evolucionan: así, hoy se ignora quiénes fueron los padres del joven faraón. Pero, en el futuro, algunos estudios de ADN tal vez permitan determinarlo. La infancia de Tutankamón podría escribirse entonces de un modo distinto...

Philippe Nessmann

Philippe Nessmann

Nació en 1967 y siempre ha tenido tres pasiones: la ciencia, la historia y la escritura. Después de obtener un título de ingeniero y una licenciatura en historia del arte, se dedicó al periodismo. Sus artículos, publicados en *Science et Vie Junior*, cuentan tanto los últimos descubrimientos científicos como las aventuras pasadas de los grandes exploradores. En la actualidad, se dedica exclusivamente a los libros juveniles, aunque siempre tienen de fondo la ciencia y la historia. Para los lectores más pequeños, dirige la colección de experimentos científicos Kézako (editorial Mango). Para los lectores jóvenes, escribe relatos históricos.

Thomas Ehretsmann

Nació en Mulhouse. Auténtico apasionado del cómic, estudió arte decorativo en Estrasburgo y se especializó en ilustración.

Bambú Descubridores

Bajo la arena de Egipto
El misterio de Tutankamón
Philippe Nessmann

En busca del río sagrado
Las fuentes del Nilo
Philippe Nessmann

Al límite de nuestras vidas
La conquista del polo
Philippe Nessmann

En la otra punta de la Tierra
La vuelta al mundo de Magallanes
Philippe Nessmann

A la conquista del cielo
La leyenda de la Aeropostal
Philippe Nessmann

Los que soñaban con la Luna
Misión Apolo
Philippe Nessmann

En tierra de indios
El descubrimiento del lejano Oeste-
Philippe Nessmann

Bambú Vivencias

Penny, caída del cielo
*Retrato de una familia
italoamericana*
Jennifer L. Holm

Saboreando el cielo
Una infancia palestina
Ibtisam Barakat

Nieve en primavera
Crecer en la China de Mao
Moying Li

La Casa del Ángel de la Guarda
Un refugio para niñas judías
Kathy Clark

Etty en los barracones
*Amor y amistad en
tiempos de Hitler*
José Ramón Ayllón

Flores de la calle
*La verdadera historia de lo jóvenes
que combatieron a los nazis*
K. R. Gaddy

El misterio
de Tutankamón

CUADERNO DOCUMENTAL

¿Quiénes eran
Carter y lord Carnarvon?

HOWARD CARTER nace en Norfolk, en Inglaterra, en 1873.
Hijo de un artista pintor, aprende el oficio de su padre. Una sociedad
de egiptología inglesa advierte su talento de dibujante y le propone,
a los 17 años, marcharse a Egipto. Acepta. Allí, copia bajorrelieves,
aprende a excavar y restaurar los monumentos, y se convierte
finalmente en inspector de Antigüedades. En 1908, lord Carnarvon
le contrata para excavar en Tebas y, luego, en el Valle de los Reyes.
En noviembre de 1922, es la apoteosis: tras largos años de vana
búsqueda, Howard Carter descubre la tumba de Tutankamón.
Solitario y tozudo, tiene pocos amigos. Muere el 2 de marzo
de 1939, en Londres.

George Edward Stanhope Molyneux Herbert nace en 1866, en el castillo de Highclere, en Inglaterra. A los 23 años, cuando muere su padre, se convierte en **LORD CARNARVON** y se encuentra en posesión de una colosal fortuna. Culto y refinado, se apasiona por los viajes, el arte, la historia, los caballos, la fotografía... A los 34 años, tras un grave accidente de coche, va a descansar a Egipto. Para entretenerse, inicia excavaciones y solicita muy pronto a Howard Carter que le ayude. Su colaboración desemboca en el descubrimiento de la tumba de Tutankamón. Desgraciadamente, Carnarvon no lo aprovecha mucho tiempo: muere semanas más tarde, el 5 de abril de 1923, en El Cairo, a consecuencias de una picadura de mosquito.

¿Dónde se sitúa la acción ?

Egipto se sitúa al nordeste de África.
Vasto desierto de arena, el país es atravesado por el
Nilo, principal fuente de vida. La mayor parte de sus
habitantes vive a lo largo del río y en el Delta, donde
se amplía para desembocar en el Mediterráneo.

Alejandría

MAR MEDITERRÁNEO

El Cairo

Menfis

Nilo

DESIERTO
LÍBICO

Amarna (Ciudad de Atón)

DESIERTO
ARÁBIGO

MAR
ROJO

N

0   100 km

Tebas

Karnak
Luxor

Egipto se divide tradicionalmente en dos partes.
Aguas del Nilo arriba (al sur) se encuentra el Alto Egipto;
aguas abajo (al norte) el Bajo Egipto, que corresponde al Delta.
En tiempo de los faraones, el conjunto era denominado Doble País.

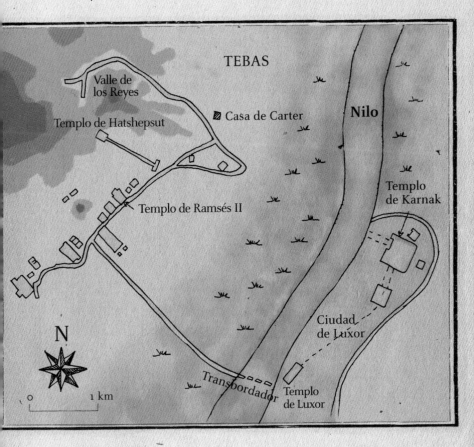

Tebas, al sur del país, se convierte en la capital de Egipto
hacia 2040 a.JC. La región es pues muy rica en parajes
arqueológicos.

Las excavaciones

El Valle de los Reyes. Casi todos los faraones del Imperio Nuevo se hicieron enterrar en este cañón cercano a Tebas. Contrariamente a las pirámides edificadas mil años antes, las tumbas debían ser invisibles para escapar a los saqueadores.

Unas sesenta tumbas y sepulturas se han encontrado en el Valle de los Reyes, algunas ya en la Antigüedad, otras en los siglos XVIII, XIX y XX. Todas habían sido vaciadas, antes, de sus tesoros por los ladrones. Todas salvo una, la de Tutankamón.

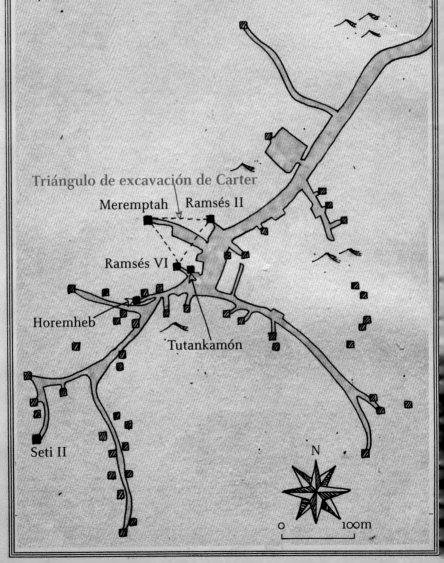

Triángulo de excavación de Carter

Meremptah   Ramsés II

Ramsés VI

Horemheb

Tutankamón

Seti II

N

0   100m

La tumba de Tutankamón

*Muerto muy joven, Tutankamón había caído por
completo en el olvido. El descubrimiento de su
tesoro, el único que se ha encontrado nunca,
lo hizo célebre de la noche a la mañana.*

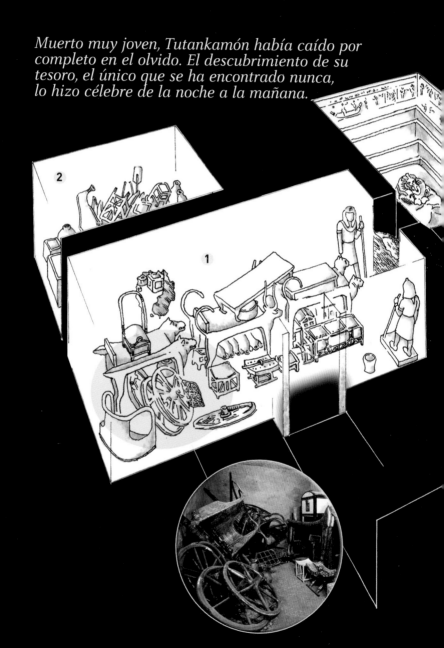

❶ La antecámara, primera sala descubierta por Carter, contenía, entre otros objetos que afirmaban el carácter real de Tutankamón: tronos, cetro, carros, joyas...

❷ El anexo, accesible desde la antecámara, contenía las vituallas necesarias para la supervivencia del faraón en el más allá.

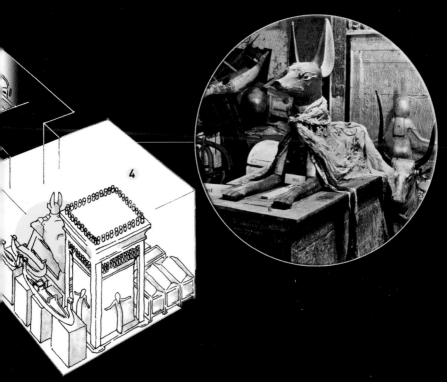

❸ La cámara funeraria estaba separada de la antecámara por una puerta tapiada. La momia descansaba allí en el interior de cuatro capillas doradas, un sarcófago de piedra y tres ataúdes encajados unos en otros.

❹ El tesoro, última estancia de la tumba, contenía lo que el faraón necesitaba para convertirse en inmortal: cofre conteniendo las vísceras, uchebtis (estatuillas de servidores destinados a ayudarle en el más allá)...

Tutankamón en la Historia

La historia del Antiguo Egipto se extiende por casi tres milenios. Treinta dinastías se sucedieron allí, con algunos altibajos.

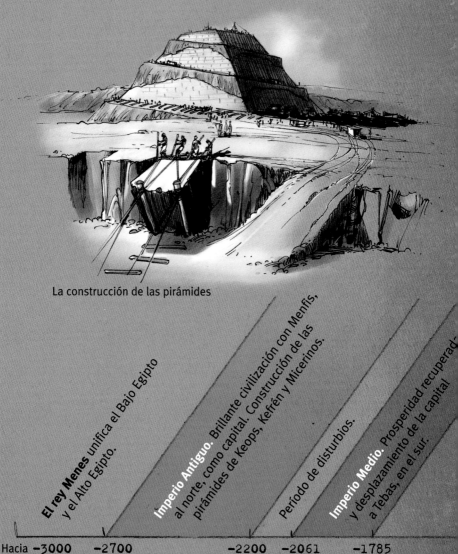

La construcción de las pirámides

El rey Menes unifica el Bajo Egipto y el Alto Egipto.

Imperio Antiguo. Brillante civilización con Menfis, al norte, como capital. Construcción de las pirámides de Keops, Kefrén y Micerinos.

Período de disturbios.

Imperio Medio. Prosperidad recuperada y desplazamiento de la capital a Tebas, en el sur.

Hacia −3000   −2700   −2200 −2061   −1785

Ramsés II en su carro

La coronación de Tutankamón

Invasión por los pueblos hicsos.

Imperio Nuevo. Egipto más fuerte que nunca.
Reinados de Akenatón y de Tutankamón
(XVIIIª dinastía) y de los Ramsés.

Baja Época, poco gloriosa
y sin grandes reyes.

Egipto es dominado por los etíopes,
luego los persas, luego los griegos,
luego los romanos.

Reinado de Cleopatra.

-1560   -1070   -716   -51   -30

La vida cotidiana de Tutankamón

No se ha encontrado texto alguno sobre la historia de Tutankamón, su infancia y sus padres. Pero los miles de objetos de su tumba, destinados a su supervivencia en el más allá y que se conservan hoy en el Museo de El Cairo, permiten conocer su vida cotidiana.

El mobiliario comporta tronos chapados en oro y pedrería, cofres ricamente decorados, taburetes de maderas preciosas, reposa-cabezas y varios lechos.

Las vestiduras del rey están constituidas por sandalias, túnicas de lino, camisas, guantes y joyas de oro. Algunas, usadas, fueron llevadas por Tutankamón niño.

Para alimentarse en el más allá, Tutankamón disponía de los alimentos básicos de un egipcio: pan, trigo, cebolla, aceite, vino... Y una vajilla de loza que los acompañaba.

Entre las armas, símbolos del poder del faraón, arcos, puñales, mazas, carros y bastones arrojadizos para la caza.

Diversos objetos completaban el mobiliario fúnebre: juegos, trompetas de plata, material de escritura, abanicos, lámparas de aceite y fragmentos de madera que debían frotarse sobre una tabla para hacer fuego.

La muerte de Tutankamón

¿De qué murió Tutankamón? Para intentar responder a esta pregunta, los sabios hicieron la autopsia a la momia, que descansa aún en su sarcófago del Valle de los Reyes.

En noviembre de 1925, primer examen por Carter. Tutankamón medía aproximadamente 1 m 63. El estudio de los huesos, realizado por el profesor de anatomía Douglas Derry, indica que el faraón tenía entre 17 y 19 años cuando murió.

En 1968, el profesor Ronald Harrison examina la momia por rayos X. Se detecta un fragmento de hueso en el cráneo. Algunos piensan entonces que Tutankamón murió asesinado, de un golpe detrás de la cabeza.

Comienzos de 2005, un escaneado de la momia muestra que el hueso en el cráneo se debería a los embalsamadores. ¿La causa de su muerte? Una herida en la pierna izquierda podría haberse gangrenado. Pero es sólo una hipótesis.

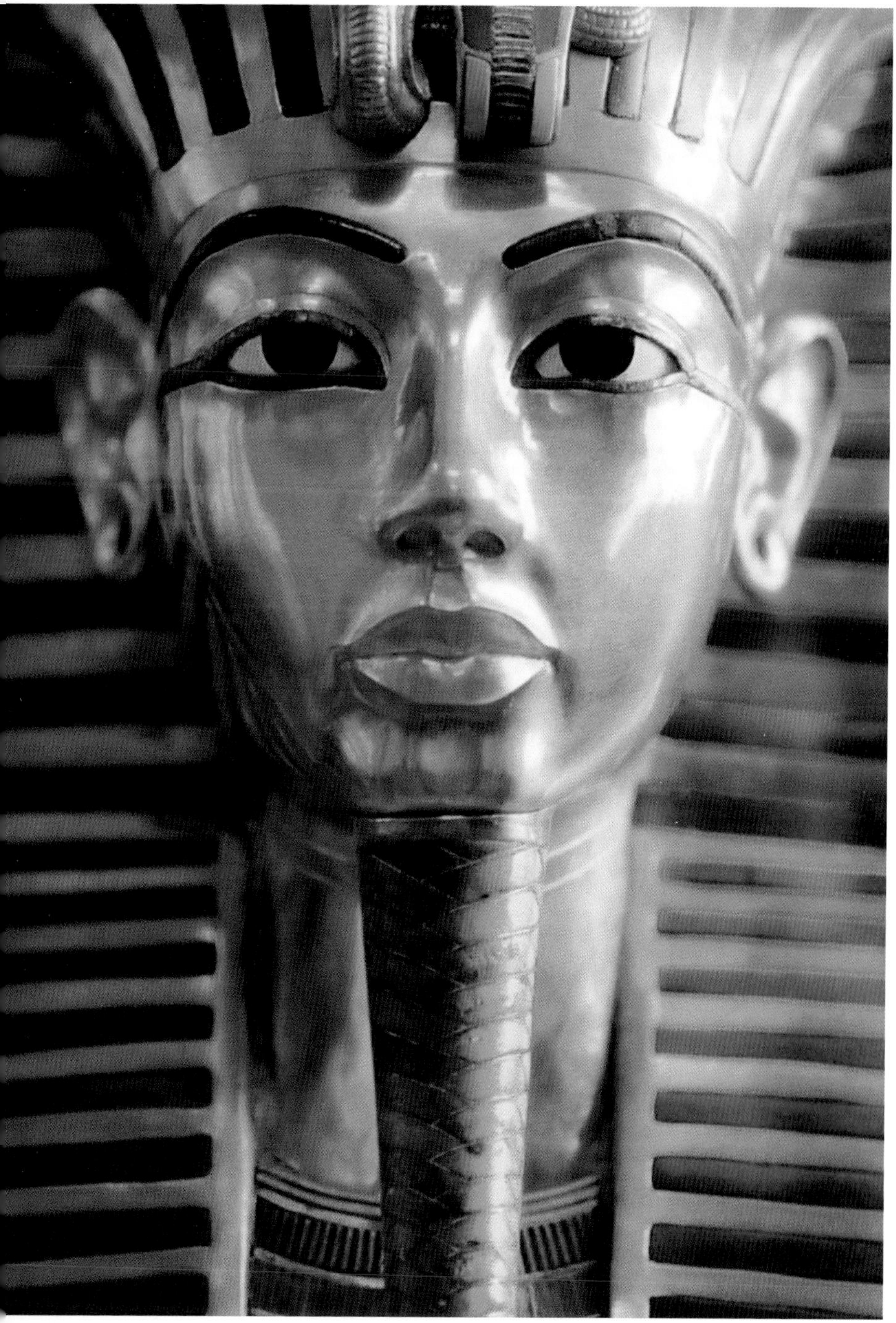

¿La «maldición» de Tutankamón?

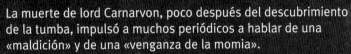

La muerte de lord Carnarvon, poco después del descubrimiento de la tumba, impulsó a muchos periódicos a hablar de una «maldición» y de una «venganza de la momia».
A continuación, cada fallecimiento de un visitante se ha convertido en «misterioso». Incluso cuando se producía años más tarde y era natural. Algunos imaginaron un virus atrapado en la tumba durante 3300 años... Pero, en ese caso, ¿por qué Howard Carter sobrevivió 17 años y Evelyn, la hija de lord Carnarvon, una de las primeras que penetró en la tumba, más de 58 años? Única respuesta razonable: la «maldición» es sólo una leyenda...